DIVINA

Frédérique Hébrard

DIVINA

Roman

PLON
www.plon.fr

Avertissement

« Les personnages et les situations de ce récit sont purement fictifs. Toute ressemblance avec des personnes ou des situations existantes ou ayant existé serait entièrement fortuite et indépendante de la volonté de l'auteur. »

© Plon, 2012
ISBN : 978-2-259-21515-2

à vous, lectrices !
à vous, lecteurs !
à vous sans qui nous
n'existerions pas !

Frédérique
Hébrard

LE PREMIER

SALON DU LIVRE

DE FONDEVEAU-SUR-BURETTE

SE TIENDRA DANS LES JARDINS

DES THERMES ROMAINS DE DIVINA

LES VENDREDI 18, SAMEDI 19 ET

DIMANCHE 20 MAI

SOUS LA PRÉSIDENCE DE

WILLIAM JEFFERSON BYRD

Les auteurs et leurs livres vous attendent !
Sous la présidence de William Jefferson Byrd
The Last Thanksgiving

Littérature générale

Aoriste	*Souviens-toi de demain*
Guillaume Berde	*Les Monades de Leibniz*
Bijou	*J'm'en fous !*
Ève Bontemps	*Vivre avec un serpent*
Josian Cambescot	*Le Sexe d'un ange*
Commissaire Chaussenard	*La Pêche au truand*
Marie Diakité	*Les Hésitations de Grégoire de Tours*
Charles Dupont-Ravier	*Mes voix*
Abbé Dupuytrein	*Mes rendez-vous avec Bernadette*
Jacques Duval et Olivier Martin	*Avoir un bébé*
Sarah Fouquet	*Je te ferai souffrir*
Frère Modeste	*Jésus, mon pote*
SAR Princesse Herdis de Kurlande	*Les Snuppes de la couronne*
Abd Ar-Rahman Kader	*Les Filles de Schéhérazade*

Ange Laffenage	*Mon passage à l'acte*
Chantal Lagarde	*Toute seule*
Paul Lavoisier	*J'arrive !*
Denise Leblond	*Dis-moi encore que tu m'aimes*
Jean Le Bretonneux	*Les Bons Mots de Charles IV*
Anselme Le Pouilleux	*Les excréments archéologiques vous parlent*
Turcla de Monclair	*La Vérité sur le duc de Morny*
Adeline de Peyrebelle	*Bonne-Maman m'a dit...*
Ghislaine Rochevilaine	*Le Cœur des femmes*
Jacques Salvère	*Qui ?*
Licinio da Silva et Rodolphe Cartier	*Du ballon au micro*
Melchior Trinquetaille	*Érasme et nous*
Renaud Valmont	*Histoire coquine de la Comédie-Française*
Velléda et Marthe Lupin	*Je suis belle, et alors ?*

La bande dessinée

Les quatre Évangélistes de la BD, Matthieu, Marc, Luc et Jean vous présentent :
Le Rat du Roi, L'Âne de l'Émir, La Chèvre du Pasteur, La Puce du Président

Littérature régionale

Godefroy le Hardi	*L'Écu au cœur*, poèmes d'amour courtois
Aline et Gaston Mercoiret	*De la montagne au Groin*

| Abraham Marquet de Santenac | *En écoutant la Source* |
| Professeur Rondelet | *La Chèvre dans l'art français* |

Pour les amateurs d'Art Sacré

Ne manquez pas la dernière icône écrite par le père Séraphim dans son ermitage proche des sources de la Burette.

Le coin des enfants

Une garderie et des jeux sont prévus pour que vos bambins gardent un excellent souvenir de leur premier contact avec la littérature.

À la buvette des Gais-Lurons vous pourrez vous rafraîchir et profiter d'une restauration rapide.

Les élèves des classes terminales du lycée Jeanne-Berthézène resteront à votre disposition pendant toute la durée du Salon.

Le Premier Grand Prix de la Source
sera attribué samedi à 21 heures
dans la Grande Salle du Restaurant des Thermes.
Sur invitation

PREMIÈRE JOURNÉE

8 h 17.

Gare d'Austerlitz, en tête du quai n° 7.

La voie où doit se ranger le TGV 2258 est encore libre mais, déjà, Calpurnia Berthézène, élève de terminale, et César Berthézène, son frère, élève de seconde, sont au travail sous l'œil attentif d'un contrôleur de la SNCF. Ils finissent de monter les éléments du petit comptoir qui va servir de lieu de ralliement aux invités du Salon du Livre. Ils ont roulé cette nuit, depuis Fondeveau-sur-Burette, avec l'adjoint à la Culture, Gaston Claparède, et avec Guillemette Lagarde, secrétaire générale de l'événement.

8 h 25.

Sous la pancarte « TRAIN DES ÉCRIVAINS POUR FONDEVEAU-SUR-BURETTE », l'équipe de serveurs de « Je Mange donc Je Lis » est déjà au garde-à-vous devant Monsieur Charles, le traiteur. Monsieur Charles compte ses containers à roulettes, passe ses troupes en revue et constate une absence. Le nouveau, engagé la veille.

— Ça m'apprendra ! dit-il, furieux.

8 h 32.

Arrivée d'un très vieux monsieur qui n'ose se présenter au comptoir et se tient timidement à l'écart avec sa petite valise. Si discret qu'il en est invisible.

8 h 49.

Le nouveau serveur vient de rejoindre l'équipe du traiteur et se prend son premier savon de Monsieur Charles.

Le nouveau a de très beaux yeux.

9 heures.

Le TGV 2258 entre en gare et se range quai n° 7.

Monsieur Charles fait déposer des Thermos et des plateaux de friandises sur le petit comptoir et part avec son équipe et ses containers à roulettes, précédé du contrôleur qui va les guider jusqu'à la voiture 12 réservée aux écrivains et à la presse.

9 h 10.

Les auteurs déferlent soudain, ils sortent de partout, du bar Bon Voyage, de la Pharmacie du Départ, du Relay, de la bouche du métro, ils débarquent des taxis... brusquement c'est une vraie Cour des Miracles qui se rallie au panache blanc du petit comptoir en attendant de pouvoir monter à bord. Ça s'observe, ça s'embrasse, ça s'exclame, ça se congratule... Il y en a pour tous les goûts, des romanciers, des essayistes, des historiens, des biographes, des médiévistes qui côtoient Bijou, la rappeuse aux ongles verts, et Velléda, la top model d'un mètre quatre-vingt-neuf sans talons *Je suis belle, et alors ?* Ça n'a pas tardé : la presse s'est jetée sur elles, les caméras les dévorent, les micros se tendent...

— C'est quoi, **Ça** ? demande l'ingrate Denise Leblond *Dis-moi encore que tu m'aimes* à la déplaisante Sarah Fouquet *Je te ferai souffrir*, en désignant les deux filles mitraillées.

— Ça m'étonnerait que **Ça** ait écrit des livres, répond Sarah.

Et pourtant si ! **Ça** a écrit, pardon : **Ça** a signé des livres, sinon **Ça** ne serait pas là.

Bijou n'a pas que les ongles verts, elle a les lèvres noires, les paupières tango, un diamant au coin de la narine gauche, et des pattes de mygale lui tiennent lieu de cils.

Elle est ravissante.

C'est son agent, Othello, qui a écrit la vie déjà bien remplie de la petite. Il a gardé le titre de son album, *J'm'en fous !*, qui casse la baraque.

Mais il a eu beaucoup de mal à décider Bijou de se montrer à un Salon du Livre… Pourvu que ça marche ! Sinon il est foutu, elle le jette, la Disque d'Or !

Un abbé de cour perdu au XXIe siècle baise la main de Velléda en espérant que ce geste va être immortalisé *urbi et orbi*. Mais l'arrivée d'une nouvelle venue détourne l'attention des médias.

— Tiens, voilà « tailleur Chanel », dit Denise en désignant la jeune femme élégante qui entre dans la mêlée comme on entre en scène quand on a le rôle principal.

Anne-Charlotte Mauvoisin est l'attachée de presse la plus recherchée de Paris. La plus chère. Elle travaille aussi bien pour les grosses maisons, que ce soit Grassimard ou Galliret, que pour des éditeurs moins prestigieux ; elle marche au coup de cœur et au pif. Comme pour ce premier Salon du Livre d'une petite ville inconnue. Si elle a décidé d'y aller, c'est non seulement parce qu'elle y accompagne un membre de l'Institut, une princesse royale, et Aoriste, idole des ados, champion de la science-fiction, coqueluche des dames, mais aussi parce que William Jefferson Byrd, best-seller mondial dont la photo grandeur nature sourit dans la vitrine de tous les Relais H, lui dont les tirages pourraient renflouer la dette de la Grèce, a accepté, à la surprise générale, d'être le président d'honneur de l'événement.

William Jefferson Byrd !

— Où est-il ? Pourquoi n'est-il pas là ? Où est William ? Anne-Charlotte par ici ! Anne-Charlotte par là ! Anne-Charlotte regardez-moi ! Anne-Charlotte !...

Anne-Charlotte est heureuse ; elle reconnaît des pointures parmi les journalistes. Anne-Charlotte sourit et raconte, délicieuse, pourquoi William n'est pas là.

— Je voulais lui envoyer une limousine au Ritz, mais William a préféré venir ici en métro ! C'est ça, William ! La simplicité ! Le contact avec la vie... la vraie vie... les humbles... vous et moi... nous, quoi !

Le commissaire Chaussenard est perplexe... Qui est ce garçon qui lui tend la main en souriant ? Ce garçon au crâne rasé, à l'élégante barbe de trois jours...

— Commissaire...

— On se connaît ?

Le garçon éclate de rire.

— Tu parles ! C'est vous qui m'avez arrêté il y a trois ans !

— Laffenage ! s'exclame Chaussenard en retrouvant la mémoire. Mais qu'est-ce que vous faites ici ?

— Je signe !

— Vous aussi ?

Ils sont visiblement heureux de se retrouver. Quand on a des souvenirs communs...

— Et vous êtes sorti quand ?

— Lundi dernier. En même temps que mon livre...

— Mais, dites-moi, trois ans ?... Vous avez bénéficié d'une réduction de peine ?

— Bonne conduite, commissaire. J'ai été très apprécié au trou. Et puis les preuves contre moi étaient faibles... personne ne pouvait affirmer que je l'avais tuée, la baronne.

— C'est comment, le titre de votre livre ?

— *Mon passage à l'acte.*

— Bon titre, dit le commissaire, un peu perdu, qui ajoute : Je vous demande pardon de vous poser toutes ces questions, mais j'ai pris ma retraite et, depuis, c'est vrai, j'ai un peu lâché le contact. Je me consacre à la littérature... j'ai du reste écrit un livre.

— Et c'est comment, le titre ?

— *La Pêche au truand.*

— Bon titre aussi, approuve Laffenage, en connaisseur.

César Berthézène, élève de seconde, ne peut détacher son regard du visage de cette femme... Il est sûr de l'avoir vue à la télé... Elle doit être actrice... ou chanteuse... ou journaliste... elle est belle ! Mais belle !

Elle est noire. D'un noir extraordinaire. Profond. Lumineux. Magique. Une star.

Comme Guillemette est occupée avec l'abbé Dupuytrein *Mes rendez-vous avec Bernadette*, et que Calpurnia présente un plateau à deux dames très laides, la splendeur noire s'adresse à César :

— Je suis Marie Diakité, et précise : *Les Hésitations de Grégoire de Tours.*

Aussitôt Gaston Claparède se précipite.

— Madame Diakité ! Quel honneur pour Fondeveau-sur-Burette que de vous recevoir ! On s'arrache vos livres à la bibliothèque ! Nous adorons tous Grégoire de Tours ! Et nous nous sommes tous réjouis en apprenant votre entrée au Collège de France !

César Berthézène, élève de seconde, se jure qu'un jour il sera l'élève de cette femme.

Sonnerie de téléphone. Mozart. *La Flûte*. Marie se détourne pour écouter et dit :

— C'est toi, mon cœur ? Oui, on va bientôt partir... Oui... je t'aime !

César Berthézène est très triste tout à coup. Il regarde sa sœur qui explique aux deux dames qu'il trouve de plus en plus laides que les friandises sont de mini-gros-gojas, spécialité locale au miel de pomme de terre.

— De pomme de terre ?

L'ingrate Denise repose précipitamment sur le plateau le petit beignet qu'elle tenait à la main.

— Oui, mais de pomme de terre violette, la Divina, dont la fleur exhale un parfum exquis proche de celui du jasmin !

Marie, qui s'est rapprochée, prend délicatement un mini-gros-goja et le goûte.

— Fameux ! dit-elle. Et elle en reprend un autre avant d'aller embrasser Jean Le Bretonneux, jeune médiéviste de grand talent qui vient de sortir *Les Bons Mots de Charles IV*.

— Comment tu crois qu'elle est entrée au Collège de France ? demande Sarah à Denise.

— Devine ! Oh ! regarde qui vient d'arriver.

Ghislaine Rochevilaine.

Ghislaine Rochevilaine *Le Cœur des femmes* est furieuse ! Ghislaine est furieuse et quand elle est furieuse, ça se voit ! D'ailleurs elle est tout le temps furieuse. Contre le gouvernement, qui ne fait rien, contre l'opposition, qui en fait trop, contre les Verts, contre l'Église, contre les musulmans, contre les Chinois, contre les jolies filles, contre les juifs évidemment, contre les nègres... Oui, les nègres, ceux qui sont noirs vous avez bien entendu ! Furieuse. Furieuse contre le petit couple homo qui la salue poliment et lui tend un plateau couvert de friandises... non, merci !

Et qu'est-ce qu'elle fait, sa secrétaire qui devrait être là depuis au moins une demi-heure, avec le courrier ?

Ghislaine attend un contrat et des résultats d'analyses. À quoi elle pense, cette conne ? C'est que j'en ai absolument besoin, de mon courrier, moi !

— Bonjour, chérie !

Ghislaine embrasse Anne-Charlotte.

— Bonjour, chérie ! répond Anne-Charlotte tout sourires.

« Elle me déteste, pense-t-elle avec délices. Elle me déteste parce que je suis la meilleure et qu'elle sait que jamais je ne m'occuperai d'elle et de ses livres ringards ! »

9 h 42.

L'accès au train va être possible. Tout le monde est arrivé, tout le monde est là... enfin, façon de parler puisqu'on n'a pas encore vu le président William J. Byrd.

— Comment se fait-il qu'il ne soit pas encore là, Byrd ? demande brusquement *Paris Match* à Anne-Charlotte qui éclate de rire.

— Mais tu connais William, mon chou ! Il fait toujours des entrées spectaculaires ! C'est ça, les stars ! Savoir se faire désirer !

Il n'empêche... elle commence à s'inquiéter, d'autant plus qu'elle n'a vu arriver aucun de ses auteurs...

Qu'est-ce qui se passe ?

— Huit millions d'exemplaires, son dernier ? lui demande Guillaume Berde *Leibniz et sa théorie des monades*, habitué, lui, à des tirages beaucoup plus discrets.

— Douze millions, précise gentiment Anne-Charlotte.

— Mais quelle idée aussi de venir dans un bled pareil, quand on tire à douze millions !

— C'est vrai ! Ça vous paraît pas bizarre pour un best-seller ?

Le ton a changé soudain chez les journalistes.

Anne-Charlotte l'a senti et en a des frissons.

Ghislaine l'a senti également et ne va pas laisser passer une occasion d'être désagréable :

— C'est vrai ! s'étonne-t-elle. Fondeveau-sur-Burette ! C'est quoi, ce trou ?

DIVINA

Ce trou ?

Non, mais, ça va pas ?....

Relisez votre Histoire de France et vous saurez que je suis née à la fin de l'an de grâce 976 !

... enfin, 976, c'est ce que prétend Michelet.

Lavisse, lui, soutient que c'était six ans avant l'an 1000...

Tous deux se trompent ! Je suis bien placée, moi, pour savoir depuis quand j'existe ! Bien avant la mort du dernier druide qui emporta son Savoir et mon nom celte dans son tombeau. Bien avant le jour où un centurion de la Troisième Légion de César, plantant son glaive dans mon sol granitique et gaulois, fit jaillir la source chaude qui aurait dû baigner les pieds et les membres fourbus des soldats romains pendant de longues années...

Fons Divina fut le nom qu'ils me donnèrent.

Fontaine Divine...

Si César ne me mentionne pas dans ses *Commentaires de la guerre des Gaules*, c'est qu'il ne m'a pas connue. *Fons Divina* était une surprise que nous voulions lui faire.

Un cadeau. Une offrande qu'il ne reçut jamais puisque, en 44 av. J.-C., aux ides de mars, César fut assassiné en plein Sénat. Cette mort nous bouleversa. Les sacrifices se succédèrent sur nos autels, cherchant à attirer la bienveillance des dieux. En vain. Les dieux savaient déjà qu'ils jouaient les prolongations. Ils avaient d'autres soucis que la gestion de notre Spa. Ils savaient qu'un Enfant allait naître dans une étable et changer la face du monde, c'était écrit de toute éternité.

La source chaude jaillissait toujours de la roche, les Thermes étaient toujours aussi beaux, mais, en une nuit, ils furent engloutis sous une avalanche de rochers, « arrière-garde cruelle d'une réplique tardive de convulsions post-hercyniennes[1] ».

Tout disparut ! Effacé ! Source, monuments, statues, bas-reliefs, temple d'Apollon, sanctuaire de Vénus... sans compter les hommes, les soldats, les belles esclaves, les vétérans et leurs écuyers, les cavaliers et leurs chevaux...

Hélas !

De ma splendeur passée ne demeurait qu'une ruine gallo-romaine affaissée sur les hauteurs et, au creux de la vallée, une devise gravée dans un bloc de marbre blanc... enfin, un fantôme de devise. Qui pouvait deviner que

SE P R Q ER NS

voulait dire :

SEMPER QUERENS

----

1. Extrait de la monographie que m'a consacrée, en 2007, Eugène Bris-Lagarde, maître de recherche au CNRS.

Littéralement : « Toujours cherchant. »

Moi, personnellement, comme traduction, je préfère « Toujours en éveil » qui correspond mieux à mon caractère.

Tout était fini. J'ai pleuré. Je me sentais morte.

Mais je ne fus pas abandonnée.

Nous, les villes des hommes, nous tenons la planète dans les mailles d'un filet invisible que rien ne peut déchirer.

J'ai compris sa force en 79 après J.-C., quand la Colonia Veneria Cornelia Pompeianorum[1] disparut sous la nuée ardente descendue du Vésuve. Nous prîmes toutes le deuil avec elle. Cendres et silence, là où était la vie...

Ce drame raviva ma peine.

Mes Thermes dormaient depuis des siècles dans la nuit de la Terre, était-ce pour toujours ?

— Courage, DIVINA, me dirent NEMAUSA et ARELATE[2], mes deux plus chères sœurs, courage et espérance, ton heure reviendra. Le Passé t'a préparée à affronter l'Avenir.

Ce fut vrai. Mais long.

Car la fondation officielle de la ville, ma fondation, n'eut lieu que vers l'an 1000. Je serais tentée de préciser en l'an 999 si je me réfère aux écrits de Bernardin du Lévezou, un moine du XIIe siècle qui bâtit une abbaye sur les bords de la Burette, abbaye florissante pendant tout le Moyen Âge, abbaye aujourd'hui détruite, hélas. Il n'en reste qu'un portail de basalte ouvrant sur rien, là où parchemins, incunables, psaltérions et enluminures faisaient ma joie et meublaient mon esprit ; et,

---

1. Pompéi.
2. Nîmes et Arles.

plus loin, sur les hauteurs, le Champ Funèbre, cimetière abandonné où la ronce et l'ortie poussent au milieu de dalles rompues et de cippes renversés.

Comme je les ai aimés, mes moines !

Comme ils m'ont manqué !

Ils me manquent toujours, bien que tout ce qu'ils m'ont appris soit à l'abri dans ma mémoire, disque dur[1] de l'Histoire.

La Burette, elle, coule paisiblement au pied de ce qui fut.

La Burette est notre modeste rivière. Aucun fleuve n'a jamais traversé nos murs. La Burette prend sa source près de Saint-Fulgence-des-Vieux, là où vécurent mes Gaulois, et se jette dans le Groin, à 27 kilomètres de sa source et 12 du centre-ville.

L'absence de fleuve n'est pas notre seule disgrâce. Au cours des siècles nous avons tout manqué : Molière a failli jouer dans nos murs... il n'est pas venu ! Pascal a failli y naître... il n'y est pas né ! Aucun roi n'a dormi dans notre château qui fut brûlé cinq fois ! Ça s'est aggravé avec les Lumières, la Révolution et le Progrès ! Nous avons eu l'électricité après tout le monde, le train, je ne vous dis pas ! Le TGV passe à une demi-heure de nous sans s'arrêter, frôlant une autoroute qui nous ignore, quant à notre sous-préfecture... des générations se sont battues pour ne pas venir prendre leurs fonctions à Fondeveau-sur-Burette...

Fondeveau-sur-Burette...

Qui pourrait avoir envie d'aller s'installer dans un pays qui porte un nom pareil ?

---

1. J'ai beau être très vieille, je me tiens au courant de toutes les nouveautés.

Personne.

Même les Arabes, au temps du marteau de Dieu, même les Arabes n'ont pas été tentés de s'y arrêter. C'est vous dire ! Fort heureusement, ça s'est arrangé depuis. Grâce à Saladin Berthézène, l'enfant du pays.

Ah ! les Berthézène !

Le jour de l'enterrement de sa grand-mère – il avait treize ans –, Saladin est parti comme un fou vers les collines qui nous dominent et c'est là qu'il est tombé au cœur du mystère. Quand il est revenu, en pleine nuit, et qu'il a raconté la rivière souterraine, le lac d'eau chaude, la statue d'Apollon et les fresques murales, personne n'a voulu le croire. Tout le monde pleurait et lui n'avait que treize ans.

— C'est le chagrin, disaient les grandes personnes. Il aimait tant sa grand-mère ! Il délire ! Pauvre petit !

— Mais j'ai VU tout ça ! protestait-il, noyé de larmes.

— Pauvre petit ! répétaient les grandes personnes.

Seule Claire – elle avait douze ans – lui a dit :

— Moi, je te crois. Je te croirai toujours, Saladin.

Et ce fut vrai. Et ce l'est encore.

Ils se sont tus des années. Le temps de devenir eux aussi des grandes personnes afin d'être pris au sérieux.

Eh bien, quand ils ont parlé, personne n'a voulu les croire ! Et pour cause : une nouvelle convulsion de la Terre avait bloqué le passage par lequel Saladin était descendu autrefois... J'en ai encore des frissons, parce que si Donatella n'avait pas eu son accident de voiture à Saint-Fulgence-des-Vieux, si Donatella n'avait pas été la fille unique et chérie de Brogniard... – Brogniard et Pécuchon, la chaîne française de « Palaces in the World » –, si Claire n'avait pas soigné et sauvé la petite, Apollon dormirait encore au fond de son lac d'eau chaude.

Brogniard, rendons-lui justice, n'a jamais ouvert Tite-Live, le nom de Virgile ne lui dit rien, mais, pour les affaires, il a plus de nez qu'un chien truffier. Et là, la truffe, il l'a sentie. Alors, comme il en avait les moyens, il a tout fait pour la sortir de sa nuit.

Je me souviens de la première descente officielle dans le sommeil et la nuit de la terre...

L'explosion. La poussière aveuglante. Le silence... la poussière qui retombe... le miracle...

Tout ce que l'enfant de treize ans avait dit était vrai...

Brogniard est resté sans voix puis il a dit : « J'achète ! », et ma vie a changé.

Après, les archéologues et les architectes sont arrivés, tandis que Brogniard construisait son joyau et nous dotait d'un 5 étoiles, un « Palace in the World » dans les Thermes, avec frigidarium, tepidarium et onctuorium, s'il vous plaît !

Quelle victoire pour une petite ville qui n'a jamais vu passer le Tour de France ou les pèlerins en route vers Compostelle !

Tout ça je le dois à l'inventeur du site, notre maire bien-aimé, Saladin Berthézène, et à sa femme Claire, notre chef de clinique, une merveille aux yeux bleus.

Ils m'ont rendu la vie !

Le chantier a duré des années... On s'est demandé parfois si l'on verrait la fin des travaux... et puis, c'est arrivé ! Les Thermes, le Palace, tout !

Et un jour, sur les bords de la Burette, il y a eu la cérémonie devant le Monument aux Morts, notre nouveau sous-préfet – elle est charmante – a raconté mon histoire comme si elle la tenait de moi-même. Chaque fois que je viens là et que je vois tous ces noms morts pour la France... ces noms que j'ai appris par cœur, les noms de mes enfants. Mes fils. Mes filles aussi. La mort est unisexe. Le courage aussi. Martine, la belle sous-préfète, leur a dit :

> *« Nous vous rendons votre nom »*
> *« FONS DIVINA »*

Tout le monde pleurait. Même les ombres. Même Castagnié qui aura mille ans en 2153. Castagnié que j'ai vu naître... C'était magnifique. Les Thermes sont si beaux... La source est si chaude. Si bienveillante aux humains...
ARELATE et NEMAUSA étaient bien près des larmes aussi.
— Tu vois ! On te l'avait dit, DIVINA ! Le monde sait maintenant que tu existes et peut venir à toi !
Enfin, je l'espère, parce que jusqu'ici le monde ne s'est pas précipité. Loin de là ! Serais-je invisible ?
Je crains qu'un jour Brogniard ne perde patience. Ce serait terrible !
Pourtant, avec la belle Martine et avec Saladin, les choses sont allées à un train d'enfer ! L'an passé, Martine a même refusé une préfecture pour rester avec nous ! Elle a obtenu l'implantation d'un héliport ! Il paraît qu'Hillary Clinton, qu'elle connaît personnellement, lui a promis de venir faire une cure à DIVINA avec Chelsea ! Vous vous rendez compte ?
Divina, the place to be...
Un trou ? Laissez-moi rire !
Je ne sais pas si elles viendront, les Américaines... mais ce que je sais, ce qui est sûr, ce qui est beau, c'est qu'aujourd'hui je vais recevoir

mon premier Salon du Livre !

10 h 03.

Gare d'Austerlitz, quai n° 7.

Le commissaire Chaussenard est pensif...

— Douze millions d'exemplaires ? Vraiment ? demande-t-il à Anne-Charlotte.

— Vraiment, commissaire ! Et il y a à peine deux mois que notre livre est sorti, ajoute-t-elle en baissant les yeux.

— « Notre livre », s'indigne l'ingrate Denise, « notre livre » ! Comme si elle l'avait écrit ! Oh ! c'est pas vrai ! Qu'est-ce qu'elle fait encore ?

Eh bien, Anne-Charlotte fait une révérence. Ce geste assez inhabituel dans une gare française est dû à l'arrivée de Son Altesse Royale, la princesse Herdis de Kurlande[1], accompagnée de sa damette Gudrun.

Bijou n'en croit pas ses yeux. Les pattes de mygale frémissent, signe de rage chez la rappeuse.

---

1. La princesse Herdis est la sœur de Sa Majesté Kristina III, plus connue des Français sous le nom de Koba Lye-Lye, demoiselle d'Avignon.

« Mais qu'est-ce que je fous là avec ces tarés ? » se demande-t-elle avec désespoir.

Bijou regarde la princesse qu'Anne-Charlotte guide jusqu'au petit comptoir où tout le monde se tourne vers elle, où ceux qui sont assis sur leur valise se lèvent comme pour une standing ovation... alors, brusquement, Bijou trouve ça marrant et décide de rester. C'est pas tous les jours qu'on est invitée chez les dingues, allez ! Puisque c'est sa première princesse, elle va faire un vœu, ça lui portera bonheur !

Bijou regarde la princesse et Laffenage regarde Bijou.

« Ça va pas être triste ! pense-t-il. Je lui fais sa fête dès ce soir ! »

Il se sent bien, Laffenage, dans sa liberté retrouvée ; la presse lui fait des avances, il va avoir des photos partout, Bijou, c'est dans la poche... et, surtout ! il vient de repérer une vieille dame qui lui rappelle la baronne. Ça, c'est du sérieux, mon pote, pas question de perdre la main !

— Passage à l'acte en deux actes et... rideau !

Il éclate de rire.

La princesse est heureuse. Elle est toujours heureuse quand elle est en France...

Elle attaque son cinquième mini-gros-goja. Délicieux ! Et elle s'y connaît.

Entrée en écriture à la suite d'un deuil douloureux, on doit à Son Altesse, entre autres petits chefs-d'œuvre de littérature culinaire :

Les Confitures de nos reines, suivies par *Les Fromages de nos rennes*, *Nos délicieux desserts au hareng*, sans oublier bien sûr *Les Snuppes de la Couronne*[1].

Le portable d'Anne-Charlotte sonne au milieu du sixième mini-gros-goja de la princesse.

— QUOI ? !

Anne-Charlotte a hurlé, tout le monde s'est tu, et la princesse a failli s'étouffer.

C'est Aoriste. Il ne part pas avec eux, il prendra le train suivant...

— Mais il n'y en a PAS ! Notre TGV va s'arrêter en pleine campagne EXCEPTIONNELLEMENT ! pour nous déposer à 15 kilomètres de Fondeveau et...

— Je prends le suivant, poursuit paisiblement Aoriste, et dès qu'il arrive quelque part, je loue une voiture et je vous rejoins !

Anne-Charlotte reste sans voix, mais oublie Aoriste en voyant s'approcher un charmant jeune homme en chasuble rouge de la SNCF qui tient par la main Anselme Le Pouilleux, qui s'était égaré sur le quai n° 9. Sans le jeune homme en veste rouge, le malheureux membre de l'Institut serait parti avec le train spécial 1287, affrété pour le Congrès International de la Charcuterie de Pointe, qui se rend en Auvergne.

Hagarde, elle fait le numéro du Ritz...

— Mais oui, Madame Mauvoisin, Monsieur Byrd est bien parti à l'heure prévue prendre son métro afin de vous rejoindre, ainsi que nous vous l'avons dit tout à l'heure...

« Ça a pas l'air d'aller pour tailleur Chanel », pense Ghislaine Rochevilaine qui sourit pour la première fois de la journée.

---

1. Les snuppes : mélanger du poisson de mer écrasé et du sucre candi grossièrement pilé à la pâte à beignet, jeter dans la friture et consommer très chaud.

L'homme aux clés d'or a dit la vérité à Anne-Charlotte : William est bien parti du Ritz à l'heure dite, et il a vécu dans le métro un des moments les plus heureux de sa vie.

Le métro ! Le métro qu'il avait pris quand il avait sept ans avec son merveilleux grand-père-ce-héros qui avait voulu lui montrer la France avant de mourir. Les Byrd n'étaient pas riches en ce temps-là, ils n'étaient pas descendus au Ritz, oh non ! Mais Grand-Pa ne pouvait pas « tirer sa révérence », comme il disait en français, sans présenter son petit-fils au pays dont il avait été un des libérateurs. Hélas, il n'avait pas pu emmener le gamin jusqu'à ces gens merveilleux de la ferme où il avait été parachuté en 1944, cette ferme cachée sur les hauteurs qui dominent une petite ville dont il avait oublié le nom... « Un nom de sauce... ? Me souviens pas... de sauce française... Ravigote-sur-Loing ? Non ! Gribiche-sur-Eure ? Non ! Soubise-sur-Cher ? Non ! »...

Grand-Pa était mort en 1991 sans avoir retrouvé le nom de la sauce. Il se souvenait seulement du nom de la petite fille de la ferme. Une petite fille blonde. Sophie.

Deux ans plus tard William rencontrait son premier grand succès avec *Why ?*

Why ? Pourquoi ? C'était Grand-Pa qui veillait sur lui ! Il en était sûr. Et la chance ne l'avait plus quitté.

You Without Me, Wait and See, The Maisonnette, My Darling Clementine, Awful !... les tirages n'avaient cessé de grimper, jusqu'à son dernier roman : *The Last Thanksgiving.*

Douze millions d'exemplaires en deux mois et en soixante-seize langues ! L'homme le plus traduit du globe, l'homme dont les titres, eux, par contre, restaient toujours dans leur langue d'origine. Même en chinois et en wolof !

« Cher Grand-Pa, je la trouverai, ta Sauce-sur-Quelque-Chose », se promettait-il à chaque triomphe.

Ainsi, quand Steven, son agent, lui avait dit en riant : « Je viens de refuser pour toi la présidence du Salon du Livre d'une petite ville française qui porte un nom à pisser de rire, "Fondeveau-sur-Burette"... William avait poussé un hurlement :

— Fondeveau-sur-Burette ? J'y vais ! Tu annules tout le reste !

— Mais...

— Tout le reste ! J'y vais, c'est là où il y a la ferme de Grand-Pa ! »

Il se souvenait de tout ça en respirant avec délices l'air chargé du métro, du métro qui s'arrêtait à la station Champs-Élysées... Champs-Élysées ? Champs-Élysées ! Il pensa s'évanouir.

Il avait pris le métro dans le mauvais sens !

Pour la sixième fois, Anne-Charlotte faisait le numéro du portable de William...

« Salut ! Désolé ! Injoignable, le William ! Pour tout savoir de lui appelez Anne-Charlotte Mauvoisin au 06 99 99 99 99 ! Salut ! »

— Je vais me suicider, dit-elle au membre de l'Institut qui n'entend pas et répond, gracieux :

— Merci beaucoup, c'est très gentil.

Voiture 12, le nouveau vient d'endosser le fameux spencer rouge à boutons dorés, uniforme ô combien seyant de « Je Mange donc Je Lis ».

Avant d'affronter l'œil implacable de Monsieur Charles, il se regarde dans la glace face aux toilettes et déclare :

— Ad *augusta per angusta*[1] !

Une mignonne en spencer rouge à boutons dorés le regarde avec un intérêt visible.

— C'est du patois de chez toi ? demande-t-elle.

Il rit :

— Oui, ça me revient quand je suis ému !

— Ému ? C'est pas ta première place, quand même ?

— Oh ! Non !

— Tu travaillais où, avant ?

— En... Angleterre ! dit-il précipitamment.

— Faut parler la langue ! soupire-t-elle.

Il sourit.

— Ça s'apprend, tu sais !

Qu'est-ce qu'il est sympa ! Et « classe », en plus ! Elle lui tend la main :

— C'est quoi, ton nom ?

— Paul, et toi ?

— Sue-Ellen.

La maman de la petite ne s'est jamais remise des séquelles de Dallas.

Adeline de Peyrebelle avance péniblement le long du quai n° 7. La voiture 12 est encore loin. « Dans le deuxième train accroché au premier », lui a dit le contrôleur, et sa petite valise est bien lourde à traîner. Adeline de Peyrebelle est une exquise vieille dame

---

1. Mot de passe des conjurés au IV⁰ acte d'*Hernani*, de Victor Hugo : « On n'arrive au triomphe qu'en surmontant maintes difficultés. »

comme on n'en fait plus, une exquise vieille dame qui se demande si la fréquentation d'un Salon du Livre est encore de son âge. La petite valise, malgré ses deux roulettes, semble de plus en plus pesante à son bras... et soudain, c'est le miracle :

— Vous permettez ? dit une voix à son oreille.

La voix d'un homme. D'un homme qui lui sourit, lui offre son bras, se présente courtoisement : Ange Laffenage, et se charge de la petite valise en ajoutant, charmant :

— Voiture 12, nous y serons bientôt.

Désespéré, il est, William.

Mais il est aussi un battant. Un *winner*.

Alors, à l'ouverture des portes du métro, il a foncé, il a sauté par-dessus la borne de contrôle, d'un bond il a pris le sens interdit, il a ignoré les coups de sifflet et il a couru comme il avait couru à Harvard l'année où il a été champion universitaire de *hurdling*[1].

Non. Il a couru encore plus vite.

Il ne voulait pas manquer le train.

Il ne voulait pas manquer le rendez-vous sacré d'un petit-fils avec le passé de son grand-père dans une ville au nom de sauce.

Alors, il a foncé !

Voiture 12.

On commence à s'installer.

Arrivée joyeuse d'un groupe d'auteurs de bandes dessinées : *La Puce du Président*, *La Chèvre du Pasteur*, *L'Âne*

---

1. Course d'obstacles et de saut de haies.

de l'Émir, Le Rat du Roi. Matthieu, Marc, Luc et Jean, qu'on appelle évidemment les quatre Évangélistes, prennent la voiture 12 d'assaut.

La princesse et damette Gudrun sont assises l'une en face de l'autre.

— *Bik das wren feut glich an*[1] ! dit la princesse.

Le membre de l'Institut a demandé à la jolie fille en spencer rouge à boutons dorés qui l'a aidé à monter à bord :

— Placez-moi à proximité des toilettes, belle enfant !

Le vieux monsieur timide s'est assis face à un siège vacant pour ne gêner personne. Mais, voyant arriver deux jeunes hommes, il leur a demandé :

— Êtes-vous ensemble ?

— Oui, depuis trois ans, a répondu le plus jeune avec candeur.

Le plus âgé a souri et, très bien élevé, a fait les présentations :

— Olivier Martin et Jacques Duval.

— Josian Cambescot, a dit le vieux monsieur, et ce nom ne disait visiblement rien à personne.

Pour ne pas séparer les deux garçons, il a quitté son siège et est allé s'asseoir (non sans demander : « Vous permettez ? ») à une place libre, au milieu de la voiture, là où quatre personnes entourant une table peuvent entretenir une conversation. La conversation était d'ailleurs commencée entre un homme et deux femmes. L'une d'elles était la splendeur blonde et géante que les photographes avaient l'air d'adorer, et l'autre une femme aussi revêche que laide.

Une sorte de gargouille.

---

1. J'espère qu'ils vont nous donner à manger !

Effrayante.

La conversation tournait autour de la défection de William J. Byrd.

L'homme et la gargouille soutenaient qu'il ne viendrait pas, qu'il n'avait jamais eu l'intention de venir, qu'il se foutait pas mal d'une petite ville française, de ses lecteurs et des auteurs présents...

— Vous êtes méchants, disait la géante blonde, il a dû avoir une *pénibilité* !

Quel joli accent, pensa Josian. Et quelle gentille nature ! Je lirai son livre.

L'abbé Dupuytrein passa près d'eux et les salua d'un geste qui pouvait passer pour une bénédiction, puis il murmura à voix basse une courte prière :

— Seigneur, écarte cette coupe de mes lèvres !

Il venait d'apercevoir Frère Modeste *Jésus, mon pote* et se précipita sur le premier siège libre.

— C'est pris !

C'était la première fois qu'on entendait la voix envoûtante de Bijou.

— Mon enfant, chuchota-t-il en se penchant vers elle, aidez-moi, je fuis quelqu'un !

Et il désigna Frère Modeste qui parlait avec *Le Rat du Roi*.

Bijou regarda Frère Modeste, vit la petite croix sur le cœur, les bagouses, les cheveux longs un peu gras, et tout de suite il lui plut.

— T'aimes pas les curés, Papa ? demanda-t-elle à l'ecclésiastique parfumé.

— Si, mais pas celui-là, mon enfant.

Puis, voyant que Frère Modeste s'asseyait à côté de la fille aux serpents, il se leva et laissa sa place à l'agent de Bijou, tandis que Guillemette Lagarde prenait Marie

Diakité en charge et la guidait vers la dernière table pour quatre personnes.

En tête du quai n° 7, les enfants Berthézène et Gaston Claparède commençaient à ranger leur matériel avant de reprendre la route. Tout le monde était enregistré. Guillemette était partie avec le train des écrivains et la presse. Personne ne viendrait plus. Ne manquaient qu'Aoriste et William J. Byrd.

— Comme Papa va être triste, soupira César.

« Quai n° 7, TGV 2258, voiture 12 »..., se répétait William en traversant la gare comme une fusée.

« Quai n° 7, TGV 2258, voiture 12 »... Anne-Brigitte, non... Marie-Charlotte, non !... Et merde ! Quai n° 7... Elle lui a fait noter tout ça la veille et, ça, il n'a pas oublié.

Il entendit : « Quai n° 7, le TGV 2258 à destination de Toulouse-Matabiau va partir, attention à la fermeture des portes. »

Était-ce trop tard ?

Non ! Harvard, champion universitaire de *hurdling*, William est passé devant le stand démantelé. Ils ne l'ont pas vu. Lui non plus n'a rien vu. Dans un ultime sprint il est arrivé devant la dernière voiture au moment où la porte commençait à se fermer... il a bondi, s'est glissé et a atterri à l'intérieur, à quatre pattes.

Épuisé.

— Il était temps, a dit un gros type qui se curait les dents, assis sur un strapontin devant les WC.

Le train démarre.

— C'est Papa qui va avoir du chagrin ! dit César Berthézène à sa sœur qui a du mal à retenir ses larmes.

Quai n° 7, sur le macadam désert un portable gigote comme un poisson hors de l'eau.

Il est tombé de la poche de William au moment où il s'accrochait au train.

Le portable a reçu une profonde commotion en atterrissant sur le sol. Il débloque complètement et raconte sa vie dans le désordre et avec des éclats de rire à qui veut bien l'entendre. Pour le moment, personne, mais bientôt un autre train va arriver...

Voiture 12.

— Sans vous, je me demande, Monsieur... Monsieur ?....

— Laffenage.

— Sans vous, je me demande, Monsieur Laffenage, si je serais arrivée à prendre le train !

La vieille dame est assise auprès de son sauveur et se confie à lui :

— Ma tante Rochambeau a failli épouser un Gamblin de La Prade. Hélas, le pauvre garçon est mort au champ d'honneur en 40. Ce fut l'extinction totale de cette grande famille. Aussi me devais-je de répondre favorablement à l'invitation de cette charmante cité, les Gamblin de La Prade étaient de Fondeveau-sur-Burette... mais je vous ennuie avec mes histoires de famille !

— Pas du tout ! Pas du tout ! s'empresse de dire Laffenage, fasciné par les mains de Madame de Peyrebelle, car elle vient d'enlever ses gants, dénudant un solitaire et une marquise brillants et saphirs.

— Vous regardez mes bagues ?

— Pas du tout ! Pas du tout !

— Cette marquise me fut donnée par ma tante Rochambeau... c'était sa bague de fiançailles... elle ne s'est jamais mariée...

— La pauvre ! soupire Laffenage qui calcule que l'un dans l'autre, ça doit chercher pas loin des 50 carats.

— C'est pour elle, en mémoire de ma chère tante Rochambeau, que j'ai voulu venir !

— Je comprends, murmure Laffenage qui vient d'apercevoir une broche scintillante sous l'écharpe de la vieille dame et rajoute 25 carats.

La vieille dame rit comme une petite fille qui a confiance dans la vie, et avoue :

— Mon éditeur n'a pas les moyens de m'offrir une attachée de presse, je vends très peu, vous savez. Alors il faut que je me débrouille toute seule...

— Je suis là, maintenant ! dit-il simplement, et il demande : Ce sont des romans que vous écrivez ?

— Oh ! Non ! Je ne serais pas capable ! C'est une collection pour les jeunes femmes, les jeunes mariées surtout. « Bonne-Maman m'a dit... » Et vous ?

— Moi ? *Mon passage à l'acte.*

— Oh ! Vous êtes un artiste ?

— En quelque sorte ! répond-il, modeste.

William a repris ses esprits.

Il regarde autour de lui... Voiture 1, seconde classe, bondée.

Il s'approche de la porte automatique qui va s'ouvrir pour qu'il passe dans la voiture suivante afin de rejoindre la voiture 12.

Mais la porte ne s'ouvre pas.

— Normal, fait le type qui se cure toujours les dents. Maintenant, t'as le choix : ou c'est la grève, ou on leur a volé les caténaires, ou c'est les deux ! C'est clair : on touche le fond !

William ne se décourage pas pour autant. Il va prévenir Charlotte-Brigitte pour la rassurer... Il ne se souvient ni de son nom, ni de son numéro, mais il a tout enregistré... Il met la main à la poche pour sortir son téléphone... pas de téléphone.

— Si c'est ton téléphone que tu cherches, il est tombé quand t'es monté ! dit joyeusement le type au cure-dent, qui ajoute : On s'est déjà vus ? Non ? Ta tête me dit quelque chose... sur Champigny, peut-être ?

Voiture 12.

Frère Modeste regarde la fille blonde qui serre un gros cabas contre elle.

— T'écris dans quel genre, toi ?

Comme Bijou, mais pour d'autres raisons, Frère Modeste tutoie tout le monde. Quand on s'en étonne, il se fâche : « J'dis TU au Père Éternel, tu voudrais pas plus d'égards que Lui ! »

La fille blonde lui répond :

— Je suis herpétologiste, je raconte mes voyages et ma vie avec les serpents. J'ai besoin d'eux... D'ailleurs je pars en Indonésie la semaine prochaine pour deux mois en pleine forêt. Je suis ravie !

— Ils te manquent ?

— Oui !!! Mais j'ai toujours Fernand avec moi !
confie-t-elle avec un sourire heureux.

— C'est ton mec, Fernand ?

Elle éclate de rire :

— Non, c'est lui, dit-elle en entrouvrant son cabas.

Frère Modeste n'en croit pas ses yeux : depuis le cabas
une petite tête lui tire une langue bifide, une petite
tête que sa maîtresse caresse doucement.

— T'as fumé quelle herbe ? demande l'homme de
Dieu d'une voix étranglée.

La fille blonde dépose un baiser sur la petite tête
puis referme le cabas.

— Un : je fume pas ; deux : Fernand n'est pas veni-
meux ; trois : il est même affectueux et je crois que
vous lui avez plu !

« Elle est sympa, la petite », pense Frère Modeste, et
il remercie le Père, le Fils et le Saint-Esprit pour Leur
imagination. Voyager avec un serpent ! Plaire à un serpent ! Y a qu'Eux pour monter un scénar pareil !

— Et tu t'appelles ?

— Ève, répond la blonde en lui tendant la main.

Sur le ballast où gigote le portable de William.

« *William ! Just finished reading* The Last Thanksgiving *! I'm crazy for you, Skye.* »

« *William ! I absolutely adore you, Brooke.* »

« *William ! Lots and lots of love, Sandy*[1]. »

---

1. William ! Je viens de finir *The Last Thanksgiving* ! Je suis folle
de vous, Skye.
William ! Je vous adore, Brooke.
William ! Plein, plein d'amour, Sandy.

Voiture 12.

Pour Anne-Charlotte, c'est un vrai désastre.

Elle voit que les journalistes parlent entre eux dans son dos. Elle devine ce qu'ils disent. Ils pensent que William Jefferson Byrd s'est foutu d'elle.

Elle se demande s'ils n'ont pas raison de le croire...

— T'as des nouvelles ?

— Il t'a contactée ?

— T'as des nouvelles ?... des nouvelles ?... des nouvelles ?...

Non, elle n'en a pas ! Et la tête lui tourne avec tous ces gens qui l'assaillent de questions auxquelles elle ne peut pas répondre, la tête lui tourne tellement qu'elle décide de s'endormir.

Et ça marche.

Anne-Charlotte dort.

Voiture 1, seconde classe, en queue de train.

Une jeune femme brune s'approche des toilettes et reste pétrifiée devant William.

— *Obrigada, Virgem Santa ! Eu adorei o seu ultim jogo em Lisboa*[1] *!*

William griffonne une signature illisible sur le papier que lui tend Elvira et s'assied sur le strapontin à côté du type au cure-dent.

Ce dernier a suivi la scène et semble réfléchir :

— C'est pas à Champigny que je t'ai vu, c'est à la télé ! Ça me revient maintenant ! Mais tu vois, j'aurais juré que c'était à Roland-Garros !

---

1. Merci, Sainte Vierge ! J'ai adoré votre dernier match à Lisbonne !

Alors l'idée d'un nouveau roman vient taquiner William avec peut-être un titre en français cette fois.

Pourquoi pas ?

Il ouvre le vaste sac Hermès qu'il porte en bandoulière depuis le début de sa course folle et note sur un petit calepin :

« Les Galipettes de la Gloire ».

— À moins que ce soit dans « La Ferme des célébrités », que j't'ai vu, dit son voisin de strapontin.

DIVINA

Le train roule. Ça y est. C'est parti. Et moi j'attends…
Je suis émue comme une jeune fille qui se prépare
pour son premier bal…
Alors je suis allée sur les bords de la Burette.
Me recueillir.
Il y a si longtemps que j'en rêve de ce premier bal…
pardon : de ce premier Salon.
— Je savais que tu viendrais, m'a dit Castagnié. Je
t'attendais.
Castagnié, ce sont des moines de l'Abbaye de Bonheur, derrière l'Aigoual, qui nous l'ont apporté, un
jour, quand Bernardin du Lévezou vivait encore. Les
moines de Bonheur nous ont dit que le petit était le
fils de Félix, le premier châtaignier que les Romains
avaient planté dans les Cévennes. Le petit mesurait
3 pieds et 7 pouces quand il est arrivé et qu'on l'a
planté là. Il semblait fragile… il mesure aujourd'hui
32,48 mètres sous la toise et ses châtaignes sont un
cadeau du ciel.
— Je t'attendais, a répété Castagnié, c'est un grand
jour, DIVINA. Regarde…

J'ai regardé et j'ai vu que, déjà, il y avait de l'animation sous la longue tente blanche où se tiendrait le Salon.

Et puis, tous les deux, respectueusement, on s'est tournés vers le Monument aux Morts. J'ai dit :

— *Mère, voici vos fils qui se sont tant battus.*

Et on a salué la statue du sergent Berthézène (1733-1760), notre héros, mort en criant :

« À moi, Fondeveau, ce sont les ennemis ! »

— Tout est là, m'a dit Castagnié, le Passé, l'Histoire, l'Avenir...

— Et le Vivant ! a dit une voix qui sortait des feuilles.

Ahenobarbus, le chat des Berthézène. Un érudit. Très attaché à la ville.

— Je suis venu vous dire que César a téléphoné à Papa depuis la gare d'Austerlitz pour lui dire qu'on avait perdu le président Byrd.

— Tu touches pas à mes oiseaux ! supplie Castagnié, inquiet.

— Parole ! promet gravement le chat.

Perdu le président ?

— Et Aoriste n'est pas non plus dans le train, ajoute le chat.

— Qu'est-ce que ça veut dire, « Aoriste » ? demande Castagnié.

— « Aoriste, nom masculin (du grec *Aoristos*, indéterminé). Temps de la conjugaison grecque qui indique une action passée », récite Ahenobarbus. Aoriste écrit des belles histoires qui se passent sur des planètes inconnues, avec de l'amour et des bêtes qui parlent. On a tous ses livres à la maison.

— Ce chat, dit Castagnié, ébloui, il sait tout !

Puis ils se sont tus. Un vieux couple, les Mercoiret, approchait à petits pas, se dirigeant vers la grande tente blanche en traînant un Caddie chargé de leurs œuvres.

Les Mercoiret, le mari et la femme, tous deux membres éminents de notre Société Savante. Lui est secrétaire perpétuel de notre Académie. *Semper querens.* Des gens qui ne vivent que pour la culture, le savoir, les belles-lettres...

— Ce sont eux qui ont découvert le livre de Josian Cambescot, *Le Sexe d'un ange,* a dit le chat quand ils se furent éloignés.

— Et c'est quoi, finalement, un sexe d'ange ? a demandé Castagnié.

— Papa a dit que c'était une grande surprise.

Papa, pour Ahenobarbus, c'est Saladin. Ahenobarbus est un Berthézène, il le croit et je le crois avec lui.

On a vu venir notre historien, Abraham Marquet de Santenac, président du Prix de la Source qui sera décerné le dernier soir, chef de la branche protestante, professeur émérite de philosophie au lycée Jeanne-Berthézène ; Abraham Marquet de Santenac est un homme lugubre que ses élèves avaient surnommé Calvaire et Lutin. Il l'a su. Ça ne l'a pas fait rire. Depuis la réconciliation avec la branche catholique de la famille, il est un peu moins lugubre. Ça s'est passé dans le désert du Nefoud, il y a trois ans, son fils, Élie, médecin humanitaire, rencontre un autre médecin humanitaire fraîchement débarqué sur le *hammada.* Ils se présentent :

— Marquet de Santenac !

Et, sidérés, s'aperçoivent qu'ils portent le même nom et font le même métier. Depuis, tout a changé. Le château, ayant été brûlé en 1356 par les Anglais, en 1562 par les catholiques, en 1683 par les protestants, à la Révolution par tout le monde, et une dernière fois par erreur, n'existe plus. De la splendeur passée ne reste qu'un donjon, malheureusement sans escalier. Les Marquet de Santenac vivent dans les communs, qui sont intacts et beaucoup moins sinistres depuis qu'Idelette, la petite-fille d'Abraham, est actrice de cinéma. Ils ont pu rafistoler la toiture et creuser une piscine où Monseigneur Marquet de Santenac, évêque de Pamiers, est venu se baigner l'été dernier avec ses cousinettes.

— C'était charmant ! dit Geneviève.

Geneviève, c'est un beau cadeau que nous a fait Lutèce...

Beaucoup de gens l'ignorent, et pourtant ça devrait être inscrit en lettres d'or au fronton du Panthéon : à Paris il y a un bassin de contrôle qui veille sur la qualité de l'eau que boivent les Parisiens, et c'est une truite qui donne l'alerte quand la pureté de H_2O n'est pas parfaite. Les savants qui surveillent la santé de la truite l'ont baptisée Geneviève en hommage à la sainte qui brava Attila. Et, de mère en fille, Geneviève veille sur la population. Alors, il y a des années, un petit alevin est venu par les airs dans un sac de plastique transparent, vol de nuit dans le bec d'une mouette de la Seine... c'était notre Geneviève qui est maintenant une grande et belle truite qui a repeuplé la Burette et a même des enfants jusque dans le Groin.

— Ça y est enfin ! frétilla-t-elle. Le jour de gloire est arrivé ! Le Salon approche !

— Oui, a dit Ahenobarbus, mais si le président nous abandonne, c'est une catastrophe !

— Il viendra, ai-je dit, et je sais pourquoi !

— Pourquoi ?

— Eh bien, il faut remonter à l'Occupation...

— Laquelle ?

— L'Occupation ! La dernière guerre ! Les Allemands ! Voyons !

— Je demande ça, a dit le chat, vexé, parce que ça pourrait être les Anglais, la guerre de Cent Ans ! Tu t'en souviens, quand même, de la guerre de Cent Ans ? C'est pas si loin !

J'allais répondre vertement quand on a cru que c'était une nouvelle guerre qui éclatait.

Non, c'était Jojo qui faisait partir des pétards ! Tous les oiseaux s'étaient envolés, le chat avait sauté par terre en miaulant :

— Sale gamin ! Affreux Jojo !

Pauvre enfant, il me fait peine, Jojo... Il a treize ans et il est révolté. Contre tout. Et contre tous.

Il faut dire qu'il a des raisons.

Il n'a pas de papa... sa mère, qui n'a jamais su dire non à un homme, a eu quatre enfants de huit pères différents. L'aîné s'est pendu dans sa cellule, le deuxième a disparu, le troisième, un brave petit, est garçon de café à Paris et envoie des sous à sa mère. Félicité fait la plonge et le ménage au Gîte Romain, et elle a beaucoup de mal avec Jojo qui travaille mal, parle mal et en veut à tout le monde.

— C'est dur de ne pas avoir un papa à aimer, a dit Castagnié.

— Oui, a répondu le chat, on a beaucoup de chance... À propos : tu as des nouvelles du tien ?

Oui, Castagnié avait eu des nouvelles de l'ancêtre vénéré de l'Aigoual.

— Un griffon fauve a volé vers moi la semaine dernière depuis le belvédère des vautours dans les gorges de la Jonte. Papa va bien et voulait savoir comment se portaient ses petits-enfants sur nos pentes.

— Ça lui fait quel âge, à ton père ?

— Il a été planté par Fabius Quintilius en 32 av. J.-C. Tu n'as qu'à calculer !

— Super ! a dit Ahenobarbus, et il s'est mis à compter sur ses griffes.

Sacrés châtaigniers ! Ils nous ont été bien utiles aux temps du Maquis. À vrai dire, ils nous ont toujours été utiles, donnant leurs fruits aux hommes, bien sûr, mais aussi leur propre chair de bois vivant. Berceaux, tables, cercueils... Feuilles fraîches bruissantes aimées des chèvres... Et les châtaignes ! Ah ! les châtaignes ! Qu'aurions-nous fait sans Castagnié ? Parfois j'ai eu peur pour lui... peur de la hache, peur du feu, peur de la barbarie des hommes... Mais, très vite, en même pas trois siècles, il est devenu une sorte de symbole, de porte-bonheur...

Un citoyen.

Son grand regret : ne pas avoir connu Coluche. Coluche qui avait dit que tout irait mieux si on laissait voter les arbres.

— Deux mille quarante-quatre ! a crié Ahenobarbus en rentrant ses griffes.

— Le compte est bon, a dit Castagnié.

— Un bel âge, a dit le chat.

Un très bel âge, certes, mais Félix se porte comme un charme, si je puis me permettre cette expression imbécile, les charmes, bien qu'appartenant, eux aussi, à la famille des castanéacées étant loin d'avoir l'espérance de vie des châtaigniers. Surtout quand ceux-ci sont issus de celui qu'on appelle « le châtaignier aux cent chevaux » qui prospère depuis quatre mille ans sur les pentes de l'Etna et qui est l'ancêtre de Félix, ont toujours soutenu les moines.

Les oiseaux étaient revenus et nous écoutaient.

Je n'en dirai pas autant de Jojo. Le malheureux enfant s'était assis au bord de la Burette et jetait des cailloux dans l'eau, essayant de toucher Geneviève. Sans succès, bien sûr. Notre truite est un vieux renard. Il se retourna au passage de Madame Valdegoujar, notre poétesse moustachue qui signe ses œuvres du nom de Godefroy le Hardi, et lui tira la langue. Plus myope qu'une taupe, la poétesse le salua d'un aimable : « Bonjour, mon petit ami ! », avant d'aller rejoindre les Mercoiret sous la tente.

— C'est des « comptes d'auteur », nous expliqua le chat. Des auteurs qui payent de leurs propres sous l'édition de leurs œuvres.

— Mais pourquoi ? demanda Castagnié.

— Papa dit que le plus difficile ce n'est pas d'écrire, mais d'être lu.

— Et nos auteurs ne sont pas lus ?

— Si. Mais par peu de monde, alors ils ne trouvent pas d'éditeurs.

— C'est pas juste !

Le silence tomba sur nous.

— Un ange passe, dit un merle, mais ça ne fit rire personne.

Nous étions tristes pour nos auteurs… Justement un autre « compte d'auteur » passait près de nous, se dirigeant vers la tente. Le professeur Rondelet *La Chèvre dans l'art français*, lui aussi membre éminent de notre Académie, correspondant de plusieurs sociétés savantes, un puits de science. Il venait de disparaître à l'intérieur du Salon quand un bruit atroce, un bruit de fin du monde, fit s'envoler les oiseaux et frémir notre Arbre. Je crus entendre la voix de la Bête montant de l'Abîme au chapitre XIII de l'Apocalypse.

Il n'en était rien.

C'était un essai de Sono.

11 h 45.

Sous la tente du Salon.

Un essai de Sono a failli rendre sourds tous les assistants, exception faite des « comptes d'auteur » qui, pour la plupart, l'étaient déjà.

Ils installent leurs livres, leurs brochures et leurs plaquettes aux places que La Source et la Librairie des Thermes, les deux libraires de Fondeveau, leur ont réservées sous une banderole « Littérature Régionale ». Ces places ne sont certainement pas les meilleures mais peu leur importe. Ils sont là ! Le jour tant espéré est arrivé ! Le Salon existe !

— Avez-vous eu confirmation de la venue de Josian Cambescot ? demande Marquet de Santenac au secrétaire perpétuel.

— Oui. La lettre est arrivée hier. Il vient !

— Voilà une bonne nouvelle !

— Certes ! répond Gaston Mercoiret. La découverte de Cambescot est un véritable événement susceptible de bouleverser toutes les données que nous avions sur le saint martyr du IVe siècle, et la thèse controversée de son sexe va prendre une dimension...

— À quelle heure qu'elle vient, Bijou ?

La fille qui se tient devant eux a les ongles verts, la bouche noire, les paupières tango et des pattes de mygale lui tiennent lieu de cils. Elle a sous le bras droit un casque de moto et sur le cœur, en médaillon plastifié, la photo de son idole.

Bijou.

Et ce médaillon, tous les garçons et les filles qui la suivent le portent comme elle, sur le cœur. Ils sont bottés, cloutés, sanglés de cuir, ils ont des crânes rasés, des crêtes orange, des boucs de pharaon, des piercings barbares... et des motos qu'on entend rugir dehors. Ils sont terrifiants...

— Elle sera là, Bijou ? demande un colosse avec une toute petite voix.

— Elle sera là ? Promis, hein, Madame ?

— Parole ? enchaînent les autres. Elle va venir, Bijou ? C'est vrai ?

Ils sont pathétiques, et Madame Bugeaud (librairie La Source) se demande si elle a commandé suffisamment de *J'm'en fous !* pour faire face à la demande.

Elle décide également de changer le stand de Bijou de place, question espace et sécurité, et raccompagne les jeunes gens en les rassurant chaleureusement : Oui, Bijou sera là, c'est sûr ! Mais le Salon n'ouvre qu'à 14 h 30... Alors :

— À tout à l'heure, mes amis !

— Oh ! Merci, Madame ! Merci beaucoup ! disent poliment les terreurs en quittant la place.

— Les muses aiment les chants alternés ! constate le secrétaire perpétuel avec humour, avant de retrouver son sérieux et de déclarer : Mais revenons à Josian Cambescot.

12 h 09.
Voiture 12.

Josian Cambescot est toujours assis à la table de la géante blonde. Il vient de comprendre que c'est la gargouille qui a écrit *Je suis belle, et alors ?* et que le monsieur est agent littéraire, leur agent. Josian Cambescot voudrait bien leur parler, mais il n'ose pas... C'est son premier Salon, personne ne le connaît, et si Gaston Mercoiret n'avait pas découvert *Le Sexe d'un ange*, il ne serait pas là, en train de rouler vers une petite ville qui n'a pas intéressé grand-monde depuis la mort de Bernardin du Lévezou en 1187. Quelle aventure !

Monsieur Charles a confié à Paul un plateau chargé de verres, en lui disant :

— Vous servirez d'abord les Gais-Lurons.

— Où sont-ils ? a demandé le garçon en désignant les visages fermés de Ghislaine Rochevilaine et de l'abbé Dupuytrein, furieux de se retrouver face à face.

— Mais ils sont sur le plateau que je viens de vous donner ! Le Gai-Luron est l'apéritif local de Fondeveau-sur-Burette ! lui répond Monsieur Charles qui se demande si le nouveau n'est pas un peu simplet. Et n'oubliez pas, en servant, d'annoncer joyeusement : « Voilà un Gai-Luron ! »

C'est ce qu'essaie de faire le malheureux en déposant deux verres devant Bijou et l'homme assis en face d'elle.

— Voilà un Gai-Luron ! murmure-t-il à voix basse pour ne pas la réveiller.

Car on pourrait croire que Bijou dort... mais Bijou ne dort pas...

Bijou s'emmerde. Alors, pour passer le temps, derrière ses cils démesurés, elle observe. Et rien ne lui échappe. Elle voit tout : le petit couple de garçons, émouvant comme un couple de jeunes mariés (elle a vu le titre du livre qu'ils ont écrit ensemble : *Avoir un bébé !* Chiche !). Rien ne lui échappe ; ni les deux mauvaises qu'elle a tout de suite repérées à la gare, ni le désarroi de « tailleur Chanel », ni l'appétit de la princesse, ni la candeur de la vieille qui se confie sans méfiance au crâne rasé... Mais, surtout, elle sent le serveur terrorisé. Terrorisé par les vibrations du train lancé à pleine vitesse, terrorisé par la crainte de perdre l'équilibre... ça ne doit pas être son métier... Elle voudrait tout savoir de lui, elle le suit des yeux.

— Voici vos Gais-Lurons ! annonce-t-il d'une voix étranglée en déposant quatre verres sur la table que préside le top model blond.

Le garçon n'a pas fait de taches.

Bijou referme ses yeux mauves, contente.

— C'est fort aimable à boire !

La grande fille blonde a goûté la première, puis elle a tendu la main vers Josian en disant :

— Velléda !

Il a répété après elle :

— Velléda ?

Et elle lui a souri :

— C'est mon nom.

Il a souri à son tour et pris une gorgée de Gai-Luron :

— Velléda, la Bructère ?

— Comment tu sais ça, vous ?

Velléda a parfois des problèmes d'accords avec la langue française.

Le vieux monsieur a expliqué :

— Pendant près de vingt ans j'ai entretenu une correspondance avec un Suédois, un spécialiste de la mythologie scandinave, un expert de la révolte de Civilis contre les Romains...

La voix soudain altérée de Velléda le coupe :

— Comment il s'appelait, ton Suédois ?

— Lars Nielsen, un grand savant..., répond-il, et Velléda fond en larmes.

Le pauvre Josian en reste sans voix.

Qu'a-t-il dit ? Qu'a-t-il fait ? Mon Dieu !

— *Lars Nielsen var min Farfar !* dit Velléda entre deux sanglots, et personne ne comprend, bien sûr.

La gargouille et l'agent littéraire regardent le vieux monsieur comme s'il venait de commettre un crime de sang sous leurs yeux. Mais quand Velléda traduit en français ce qu'elle vient de dire en suédois, tout devient lumineux.

— Lars Nielsen était mon grand-père !

Alors l'agent serre la main de Josian, et la gargouille, les larmes aux yeux, lui fait un sourire de Gorgone tandis que Velléda demande, la voix tremblante :

— Tu serais pas Josian, Monsieur ?

Oui. Il est Josian, le Josian dont lui parlait son Farfar, le Josian de France qui croyait aux elfes de lumière, aux elfes sombres, à l'écureuil Ratatosk de l'Arbre-Monde, et même aux saints du calendrier.

— Pourquoi vous vous êtes jamais connus de vrai, mon Farfar et toi ?

Gêné, Josian boit une nouvelle gorgée pour se donner du courage :

— On n'avait pas les sous pour payer le grand voyage, explique-t-il en rougissant, avant de vider son verre comme le font Velléda, la gargouille et l'agent...

L'agent qui arrête Paul de retour avec son plateau vide et lui demande :

— Encore quatre Gais-Lurons, s'il vous plaît !

Rien de tel qu'une tournée de Gais-Lurons pour vous chauffer une atmosphère.

La voiture 12 retentit maintenant de joyeux éclats de rire. Monsieur Charles se frotte les mains tout en se demandant si ses prévisions seront à la hauteur de la soif des voyageurs. La presse, descendue de l'étage supérieur pour cause d'interviews, vide verre sur verre avec entrain. On n'ose penser à quoi ressembleront les photos... À la table des bandes dessinées on essaie de convaincre le contrôleur de trinquer... en vain. L'incorruptible cheminot se débat et refuse, tout en regrettant amèrement de respecter le règlement. La princesse et sa damette ne sont pas les dernières à lever leur verre.

Anne-Charlotte, les yeux clos mais l'esprit vif, étudie un plan B pour se sortir du désastre la tête haute, Ghislaine a demandé une eau minérale, l'abbé en a profité pour vider le Gai-Luron auquel elle n'a pas touché.

— À la santé de Fernand ! dit Frère Modeste à Ève, touchée par cette attention franciscaine.

Paul court dans tous les sens... il semble plus à l'aise maintenant et ça réjouit Bijou.

Mais soudain, il se fige. Comme quand on reçoit une mauvaise nouvelle... Bijou réfléchit, se souvient d'une phrase entendue à l'instant même... oui, le directeur littéraire des éditions du Lièvre de Mars, Rémy Voisin, assis en face de la jolie minette blonde qui sort un premier roman, vient de lui dire :

— N'ayez aucune crainte, Chantal, vous l'aurez, le Prix de la Source !

Qu'est-ce qu'il en sait, ce con ?

D'ailleurs, c'est ce que lui a dit la fille (pas qu'il était con mais qu'il pouvait pas savoir !). Alors il a pris un air supérieur, saisi la main de la petite, et lâché :

— Je me suis arrangé ! Vous l'aurez !

Au lieu d'avoir l'air contente, la fille a eu l'air fâchée et elle a retiré sa main que le type tenait toujours.

« Ça sent la magouille », pense la rappeuse.

— Desiderius Erasmus Roterdamus, 1469-1536 !

Paul, la tête ailleurs, vient de répondre à une question qu'on ne lui posait pas et cela fait sourire la femme superbe *La Vérité sur le duc de Morny* qui attendait une réponse de l'homme assis en face d'elle *Érasme et nous*, l'homme à qui elle demande à mi-voix, en désignant le jeune homme :

— Vous avez vu, il a des yeux !...

— Ben oui, il a des yeux ! Comme tout le monde !

— Non, justement, pas comme tout le monde ! dit-elle en souriant à Paul qui ramasse leurs verres vides.

Et c'est à lui, maintenant, qu'elle s'adresse :

— Et il est mort où, Érasme ?

— À Bâle, Madame, où il s'était installé parce que là il y avait moins de problèmes pour faire imprimer ses écrits.

Puis il s'en va avec son plateau et ses verres sales et il manque tout faire tomber quand il entend la jolie Chantal dire à son directeur littéraire :

— Parce que, moi, j'ai lu *J'arrive !* et je l'ai trouvé formidable, ce livre ! Et puis, il est toujours dans le programme du Salon et la compétition !

— Laissez-moi faire ! répond son vis-à-vis qui commence à la trouver pénible, sa protégée... Quand il pense aux risques qu'il a pris pour elle !

— Pauvre garçon ! poursuit-elle. J'ai vu sa photo en quatrième de couve. C'est horrible ! Il a une maladie de peau ?

— Très grave ! Et contagieuse, c'est pour ça que je ne l'ai pas invité. Vous imaginez le désastre ! Tout le Salon défiguré ! Mais, Chantal, assez parlé de lui ! Parlons de vous ! Et du Prix !

— Quand même... je ne peux m'empêcher de penser à ce pauvre garçon qui est si laid et qui a tant de talent !

Et elle sourit à Paul qu'elle trouve très beau.

Malgré les Gais-Lurons et le gouleyant Coteau de Saint-Fulgence-des-Vieux qui accompagne le gratin de

DIVINA aux trompettes-de-la-mort, le courant ne passe pas entre Marie Diakité et l'homme politique *Mes voix* assis en face d'elle.

Vraiment pas !

Il s'est présenté avec hauteur :

— Charles Dupont-Ravier, député, ancien sénateur !, s'attendant au moins à autant de réactions que s'il avait dit : « Bertrand du Guesclin, Connétable de France, vainqueur de Charles le Mauvais. »

Marie avait simplement tendu la main et dit :

— Marie Diakité, bonjour, Monsieur.

Mais pour qui elle se prend, celle-là ?

— Vous êtes ici à quel titre ? lui a-t-il demandé sur le ton vérification d'identité.

Et il a eu droit à un éclat de rire du jeune médiéviste frétillant assis à côté de la dame. La dame noire. Elle, la dame noire, a souri.

— Madame Diakité est spécialiste de Grégoire de Tours et vient d'entrer au Collège de France, a dit le médiéviste.

— Très bien, a répondu Charles Dupont-Ravier, député, ancien sénateur, comme s'il lui délivrait un permis de séjour.

Puis il s'est mis à râler :

— Que des gens comme vous se soient laissé piéger, on peut le comprendre ! Mais moi ! Un homme de mon âge, de mon expérience ! Me laisser prendre par cet attrape-nigaud ! Si cette petite ville n'a jamais eu de chance, je commence à comprendre pourquoi ! Quant à cet Américain mythique qu'on nous annonce et qui n'est pas là ! Merci bien ! Je présenterai mes compliments au maire pour son escroquerie !

Puis il s'est tourné vers la vitre et s'est perdu dans la contemplation du paysage.

« Personnage odieux », pense Rodolphe Cartier que le hasard a placé près de lui, face au jeune médiéviste Jean Le Bretonneux. Ce dernier se conduit avec la spécialiste de Grégoire de Tours comme si elle était sa propriété privée. On croit rêver ! Pour des raisons diamétralement opposées, Rodolphe déteste également l'homme politique et le médiéviste. L'homme politique parce qu'il est grossier avec la jeune femme, le médiéviste parce qu'il est trop câlin avec elle.

En gare d'Austerlitz Rodolphe est tombé amoureux de Marie au premier coup d'œil.

KO debout.

Il avait lu deux livres d'elle, si sérieux qu'il n'y avait pas la photo de l'auteur, si costauds qu'il l'imaginait laide.

Et il découvre cette merveille, ce personnage de Marivaux d'un noir de lumière, que l'homme politique interroge soudain sur son choix de Grégoire de Tours.

— Pourquoi Grégoire de Tours ?

Ça la fait rire.

— Son *Histoire des Francs* est peut-être le premier texte sur notre pays !

— Notre pays…, répète Charles Dupont-Ravier, sur un ton qui donne envie de le claquer.

Le médiéviste prend la main de la jeune femme et y dépose un baiser.

« Ces homos, pense Rodolphe, furieux, sous prétexte qu'ils ne sont pas amateurs de femmes, ils se croient tout permis avec elles ! Et je t'embrasse la main ! Et je te caresse les cheveux ! Et je me serre contre toi !… Mais lâche-la, bon Dieu ! Cesse de frimer ! »

C'est alors que survient Abd Ar-Rahman Kader *Les Filles de Schéhérazade*, grand séducteur et forts tirages.

« Manquait plus que lui ! » pense Rodolphe, et, en plus, le salaud a du talent !

ماريا! أنت في كامل الرشاقة وكأن الله اختارك من بين النساء، بكل بهجة و سرور أحبيك.

عبد الرحمان! أنت الذي يحدث النساء كما حدث جبريل، عليه السلام، مريم العذراء، أنا كذلك أحبيك.[1]

Ils ont l'air amis. Abd Ar-Rahman écrase à moitié Jean Le Bretonneux pour déposer un baiser sur la main noire et parfaite de Marie puis il s'en va.

De quoi ont-ils parlé ?

Les autres n'ont rien compris.

Alors l'homme politique se surpasse :

— Toujours contents de vous retrouver entre muslims !

Le Bretonneux pousse un cri et naturellement en profite pour reprendre la main de Marie tandis qu'elle répond en souriant de toutes ses jolies dents blanches :

— J'imagine ! Parce que, personnellement, je suis protestante. Je suis née à Bamako, au Mali, où mo'

---

1. Traduction p. 249.

père était pasteur. C'est pour ça que je parle arabe, wolof, soudanais...

— ... latin, grec, italien, anglais, russe ! poursuit le médiéviste.

— Non, pas russe ! corrige-t-elle, pas russe ! Mais par contre je parle aussi un peu le français !

Ils éclatent de rire et Rodolphe éclate de rire avec eux.

12 h 22.

Quai n° 7.

Une jeune fille, descendue d'un train de grande banlieue, s'est arrêtée devant un portable qui s'agite sur le ballast...

Elle l'écoute... elle le regarde... elle n'ose pas le toucher...

Le portable éclate de rire et ça fait rire la jeune fille...

Le portable parle anglais...

« Hey, William, it's Steven ! Thought I'd let you know your books are – literally – flying off the shelves ! Also, we finally signed that contract with Kuwait. And Korea too ! And as for Fondeveau-sur-Burette (or however it is the French spell it), go get'em ! And long life to our Last Thanksgiving[1] *! »*

La jeune fille tombe à genoux et serre le portable contre son cœur.

---

1. Salut, William, c'est Steven ! Je pense que tu sais que tes livres s'envolent littéralement des étagères ! Nous avons d'autre part signé le contrat avec le Koweït et aussi avec la Corée ! Et pour Fondeveau-sur-Burette (ou quel que soit le nom du bled), fonce ! Et longue vie à notre *Last Thanksgiving* !

12 h 52.

Voiture 1, seconde classe.

William souffre de la faim.

William souffre de la soif.

Pas question d'aller se restaurer ou se désaltérer au bar, la porte est toujours bloquée.

Son voisin de strapontin sort de sa poche un sandwich à l'aspect douteux et se met à le manger dans la bonne odeur des toilettes et celle, presque pire, du désinfectant.

Entre deux bouchées, il demande à William :

— Et où c'est que tu vas ?

— Aucune idée !

L'homme en oublie de mâcher.

William regarde le paysage qui défile derrière la vitre de la portière et récite :

— « France, mère des arts, des armes et des lois... tu m'as nourri longtemps du lait de ta mamelle... »

L'homme se touche le front et reprend sa mastication.

13 h 05.

Hôtel de Ville de Fondeveau-sur-Burette.

Bureau de Monsieur le Maire.

Sous l'œil du président de la République, devant l'écharpe tricolore posée sur le dossier d'une chaise, écharpe dont il va se ceindre tout à l'heure, un très bel homme se recueille avant le combat.

Monsieur le Maire. Saladin Berthézène. Professeur principal de lettres classiques au lycée. Premier magistrat de Fondeveau-sur-Burette. Inventeur du site de DIVINA, pour parler comme les archéologues...

Monsieur le Maire revoit sa vie... il ferme les yeux... ils sont tous avec lui. Les siens. Le sergent Berthézène, ce héros, l'arrière-grand-père Léonce, expert en grottologie, Léonce qui fut le premier à deviner où se cachaient les Thermes, le grand-père Paul, tombé en 40 à Dunkerque... tous ces hommes qui vécurent ici avant lui rejoignent sa pensée en ce moment capital. Mais c'est sa grand-mère, Jeanne Berthézène, qui marche en tête de cette petite armée de fantômes aimants.

Jeanne Berthézène.

Comme elle lui manque, elle qui lui a tout donné, tout transmis, en si peu de temps, hélas !

Treize ans d'amour entre eux, et un chauffard ivre la renverse sur la route de Saint-Fulgence-des-Vieux avant d'aller finir dans la Burette.

On n'a pas eu à le punir, le Ciel s'en était chargé.

L'enterrement de Jeanne, suivi par une population en larmes. Le chagrin lourd comme une pierre. L'enfant qui se sauve, ne sait où il va... et tombe dans une autre dimension, dans une fracture du Temps, où il rencontre un dieu oublié qui, de sa main de marbre, lui indique la direction à prendre... mais quand l'enfant remonte à la lumière, personne ne veut le croire. L'histoire est trop belle... et Grand-mère n'est plus là pour accepter la féerie.

Il va falloir apprendre la patience. Il va falloir être digne de tous ces Berthézène qui firent la trace avant lui...

— Mais n'oublie jamais que tu es aussi le fils de Schéhérazade, lui disait Jeanne, que tes racines sont à la fois d'Occident et d'Orient. Zénith et Nadir ! N'oublie pas ! Ne méprise rien. Ne refuse rien, Saladin. Ni tes ancêtres les Gaulois, ni tes ancêtres les cavaliers du désert. Sois digne de toi et de tous les tiens ! Et souviens-toi de ton grand-père Paul tombé à Dunkerque, de ton grand-père Mesrour tombé dans le bled avec les harkis, et de Blaïd, ordonnance du lieutenant Gamblin de la Prade, ton grand-oncle Blaïd à qui tu dois d'exister.

Tout petit déjà, il aimait entendre cette histoire. Grand-mère racontait si bien ! Avec elle « Il était une fois » ouvrait toujours sur le merveilleux, même quand c'était triste et que les héros mouraient.

Le lieutenant Gamblin de la Prade lisait *L'Action française*, le sous-lieutenant Berthézène lisait *Vendredi*.

Le lieutenant allait à la messe, le sous-lieutenant fréquentait le groupe « *Savoir* ». À Fondeveau-sur-Burette, avant la guerre, ils ne se saluaient pas. Mobilisés tous deux le même jour, le malheur des temps les fit changer d'ennemi. Ils se découvrirent l'un l'autre. Le lieutenant mourut dans les bras du sous-lieutenant, le sous-lieutenant survécut juste assez pour confier la montre de Gamblin de la Prade à Blaïd, ainsi que l'adresse de sa mère, la marquise, à Fondeveau-sur-Burette. L'ordonnance partit de Dunkerque, traversa à pied un grand morceau de France, arriva, et Dieu merci resta...

On a frappé à la porte du bureau de Monsieur le Maire.

Saladin sort de son rêve...

— Entrez !

Avant de l'avoir vue, il sait que c'est elle.

C'est elle. Claire, sa femme. Une grande fille blonde en jogging, mince et toujours juvénile malgré ses six enfants et ses cinquante et un ans.

— Tu as peur ? demande-t-elle.

— Mort de trouille !

— Moi aussi, dit-elle gaiement, alors je t'ai amené une pomme, trois fraises, du fromage de chèvre et un carré de chocolat !

— Comment a été la matinée ?

— Deux appendicites, un plâtre de la cheville, de la paperasserie... la routine, quoi !

Il la regarde et sourit. Il se sent mieux.

C'est ça, Claire. On la regarde et on est guéri. Il y a quelque chose dans le bleu de ses yeux qui panse les plaies les plus douloureuses.

— Tout ira bien, plaisante-t-il. On a perdu le président et le roi de la science-fiction, il ne peut plus rien nous arriver !

Mais l'angoisse revient, malgré la présence de Claire.

— Tu sais, lui dit-il, honnêtement, je n'ai pas compris pourquoi William Byrd avait accepté notre invitation. Pourquoi a-t-il dit oui ? Nous ne représentons rien à ses yeux... la preuve ! ajouta-t-il en riant. Il ne vient pas !

Elle lui prit la main, il poursuivit :

— Ce qui m'inquiète aussi, c'est la convocation de Martine à Clermont-Ferrand par le ministre de l'Intérieur.

— Pourquoi à Clermont-Ferrand ?

— Hommage à Blaise Pascal, ouverture d'une nouvelle salle au Musée. Jusque-là tout est normal, mais il lui envoie un hélico de la protection civile pour la rencontrer à l'inauguration. Oui, il a pour elle beaucoup de considération et c'est bien ce qui m'inquiète ! Deux fois déjà, il lui a proposé une préfecture, elle ne pourra pas refuser indéfiniment... Si on la perd, ça, c'est un coup dur... et si elle est absente pendant le Salon...

Claire serre la main qu'il tient toujours. Il se raccroche au bleu de ses yeux, la prend dans ses bras.

— Et pourtant... malgré tout ce que nous avons traversé, je me suis toujours senti protégé... comme par une divinité tutélaire... pour un projet que le Ciel aurait eu pour moi, à mon insu. Sensation périlleuse qui pousse à croire aux miracles...

Un bruit venu du ciel les attire vers la fenêtre. Ils lèvent les yeux.

— C'est Martine, dit Saladin, elle revient...

— Premier miracle ! dit Claire en souriant.

Héliport de Fondeveau-sur-Burette.

L'hélicoptère s'est posé et Martine Chambolle de La Place est aussitôt descendue dans le bruit et le vent des rotors qui fait voler ses cheveux blonds. De la main elle a salué le pilote qui est tout de suite reparti, puis elle a couru vers la voiture qui l'attendait sur le terre-plein de l'héliport.

Ils sont venus tous les trois la chercher, sa fille Fanchon, Pierre-Henri son chauffeur, et Dotty, la « au pair » british et dodue de la petite.

Le chauffeur, bac + 6, brillant passage à Sciences-Po, est également son secrétaire. Il lui est même arrivé, une fois, de servir à table un grand dîner... c'était le jour où les gens de Londinium on Flowers sont venus pour le jumelage. La République n'est pas riche et il fallait faire bonne figure devant les invités.

Fanchon, encore neuf ans, dix ans dimanche, saute au cou de sa mère en s'écriant joyeusement :

— Le président américain a disparu !

— Obama ?

— Non, pas Obama ! (La petite éclate de rire.) William Byrd ! Mais ça fait rien, celui que je veux voir, c'est Aoriste !

— Qui ça ? demande la sous-préfète.

— AORISTE !

Ils ont crié tous les trois, d'une seule voix extasiée.

— Mais qui est-ce, Aoriste ?

— Le roi de la science-fiction ! poursuit le chœur toujours en extase.

— J'ai horreur de la science-fiction ! dit Martine.

— Maman ! Faut que tu lises *Souviens-toi de demain*, c'est géant !

Martine rit, embrasse encore sa fille, monte à l'arrière de la voiture, se penche vers Pierre-Henri, et annonce :

— Je reste à Fondeveau !

Le chœur applaudit.

— Le ministre m'a accordé un sursis, ça a été dur mais je reste ! Et si le Salon du Livre est un succès, il viendra nous voir et on parlera. Il a promis !

Ce qu'elle ne dit pas, c'est qu'elle a obtenu une petite augmentation pour Pierre-Henri. Elle ne leur dit pas non plus que le ministre ne croit pas au succès du Salon du Livre. Elle regarde sa montre et constate qu'elle a juste le temps de se préparer avant l'inauguration.

— Tu seras en amiral avec les feuilles d'or et le tricorne ? demande la petite qui espère que le roi de la science-fiction trouvera l'amiral très belle.

Martine entoure la petite de ses bras. Son cœur se serre toujours quand elle voit, sous l'œil gauche de sa fille, la petite marque que son père lui a léguée. Une fine éclaboussure couleur d'ébène, une sorte de mouche indélébile, de signature sans équivoque... une petite ourse qui aurait perdu le bout de sa queue dans la Voie lactée. Qu'est-il devenu, le garçon qu'elle aimait, le garçon qui l'a quittée sans savoir qu'ils allaient avoir un enfant ? Il est parti sans préavis, il a suivi une Américaine rousse et fracassante dont elle a oublié le nom, il a disparu de sa vie. Qu'est-il devenu, Jean-François Lantier, son premier amour ? S'il savait !

Elle embrasse sa fille, sa Fanchon surdouée, si tendre...

— Regarde, maman !

La voiture passe le long de la tente blanche. Derrière des barrières métalliques il y a déjà des gens qui font la queue...

« Pourvu que ça marche ! » pense la sous-préfète.

13 h 20.
Voiture 12.
Journalistes et caméras sont remontés à l'étage supérieur.

Le convoi digère. On va se laver les mains, faire pipi... on se repoudre, on sort les bâtons de rouge, on regarde l'heure...

... et soudain, c'est l'annonce attendue :

« Mesdames, Messieurs, ceci est un message du Salon du Livre pour les auteurs qui se rendent à Fondeveau-sur-Burette. Dans une dizaine de minutes nous allons arriver... non pas à Fondeveau-sur-Burette puisque nous n'y passons pas, mais en pleine campagne, et ex-cep-tion-nelle-ment notre TGV va s'arrêter sept minutes exactement pour permettre à Mesdames et Messieurs les auteurs de descendre afin de rallier la ville qui les attend avec... »

13 h 21.
Voiture 1.

« ... impatience ! Aux autres voyageurs nous demandons expressément de ne pas descendre sur la voie pour des questions de sécurité. Nous nous excusons auprès d'eux pour ces sept minutes supplémentaires, mais au pays de Molière, Racine, La Fontaine et Victor Hugo, la littérature est reine ! Je vous remercie de votre attention. »

— On touche le fond ! dit le type au cure-dent, écœuré, à William, déjà debout, rassuré, heureux.

Le double train, très long, s'est arrêté en plein désert.

La hauteur de la marche à descendre pour atterrir sur le gravier et les mauvaises herbes qui bordent la voie pose un problème aux auteurs du troisième âge. On s'organise, on tend la main, le rat en profite pour enlever Chantal dans ses bras et l'embrasser dans le cou, la chèvre et la puce s'occupent du membre de l'Institut, et Laffenage soulève la fragile Madame de Peyrebelle comme une poupée. En la serrant contre lui, un parfum de bonne famille, de tilleul, de lavande, de violette et de rose évanescente l'émeut... le parfum de la baronne ! Il pose doucement la vieille dame sur le tapis d'herbes folles et de pissenlits sans remarquer le regard que lui lance Bijou. Une flèche de laser mauve, vite détourné.

Renaud Valmont, à qui l'on doit la très controversée *Histoire coquine de la Comédie-Française*, jubile en voyant ce spectacle à la fois misérable et hilarant :

— Regardez-les ! dit-il debout à la portière, en désignant les acrobaties plus ou moins gracieuses de ses compagnons. Regardez-les bien, ces écrivains, et vous verrez l'illustre Théâtre ! Nous voici revenus aux temps où Madame La Baillive et Madame l'Élue se précipitaient pour applaudir Fagotin et ses marionnettes, comme dans Molière ! Place au théâtre !

— Place aux copains, mon pote ! dit Frère Modeste, interrompant ces stances pleines de lyrisme. Le train va repartir !

Et Frère Modeste aide Ève à descendre avec son gros cabas dans lequel s'agite Fernand.

Pour égayer Bijou qui lui paraît un peu morose et la faire participer à l'euphorie générale, Othello frétille :

— Une vraie partie de campagne !

— Tu parles, répond-elle, on va se faire chier grave !

En découvrant les deux autocars qui attendent les auteurs sur la route en contrebas, Anne-Charlotte pousse un cri :

— Des autocars ? Pas de limousines ? Non, mais je rêve ! Je commence à comprendre pourquoi William Byrd n'est pas venu ! Quel manque d'égards ! poursuit-elle en se tournant vers Guillemette Lagarde. Non mais, vous voyez la princesse accepter de monter dans un car !

— Oui, je la vois, dit Guillemette, Son Altesse est déjà installée derrière le chauffeur...

En effet, la princesse est montée à bord la première, en compagnie de sa damette. Elles s'amusent comme deux petites filles heureuses de partir en colo !

Anne-Charlotte ne sait plus quoi dire, elle voit Marie Diakité sauter gracieusement sur le talus, et il lui vient une idée...

Peu à peu les auteurs prennent place, la princesse se penche à l'oreille de Gudrun :

— Ça me rappelle la traversée de Londres en autocar le jour du mariage de William et de Kate ! Tu te souviens, nous étions assises auprès des cousins

Luxembourg ! Ils nous ont offert des bonbons délicieux !
C'était charmant !

Dès qu'il a vu Marie Diakité monter dans le car,
Rodolphe a foncé comme un dingue.

Objectif : les coiffer tous au poteau.

Le médiéviste parce qu'il l'a tripotée pendant tout le
trajet en train, ça suffit ! Abd Ar-Rahman parce qu'il
va lui roucouler *Les Mille et Une Nuits* dans le texte,
si on le laisse faire, Anne-Charlotte parce qu'il a surpris les regards qu'elle a lancés à la jeune femme. Elle
la prendrait bien sous son aile pour se consoler de la
disparition de son président et de l'absence d'Aoriste.
Pas question de lui laisser la place !

Il a foncé. Et maintenant, dans le car, il se penche
vers Marie et, désignant la place libre auprès d'elle,
lui demande :

— Je peux ?

Un sourire lui répond tandis qu'elle lui tend la main.

Ô le premier contact, la soie sombre de sa peau ! Seigneur, qu'est-ce qu'il lui arrive ? Et, bonheur, en plus,
elle a l'air contente de le voir ! Et elle lui dit :

— Je vais enfin savoir qui vous êtes !

Il en tremble, il en bafouille, et il s'entend lui dire :

— Vous savez, je ne compte pas ! Moi, je suis le
nègre...

— Vous aussi ! dit-elle en éclatant de rire. Bienvenue au club !

Et elle n'a pas l'air fâchée.

Paul a quitté son spencer rouge à boutons dorés. Il
a laissé un mot pour Monsieur Charles bien en évi-
dence. Discrètement il est passé dans la voiture 13. Il

a attendu le dernier moment, avant que le train ne s'ébranle à nouveau, pour sauter sur le sol. Personne ne l'a vu, personne ne l'a remarqué. Toutefois il se met à l'abri dérisoire d'un sureau en attendant que tout le monde soit à bord des cars.

Personne ne l'a vu, façon de parler.

Personne de la voiture 12.

Parce que les têtes se bousculent aux portières. Les voyageurs ne veulent rien manquer de ce spectacle inattendu et gratuit.

Certains sont sûrs d'avoir reconnu Amélie Nothomb, d'autres ont vu Catherine Deneuve, d'autres parlent de Victor Hugo.

— Ils l'ont cité dans leur annonce, alors !...

William a sauté du train.

Il voit des gens au loin, au bord de la voie. Enfin, il a retrouvé son Salon et ses écrivains !

Il court vers eux, joyeux.

Les autocars sont partis.

Le train s'éloigne, reprend de la vitesse, disparaît dans un bois de sapins derrière un pli de terrain.

Paul sort de sa cachette derrière le sureau étique et se prépare à prendre la route. C'est alors qu'il aperçoit un homme au loin, un homme qui court dans sa direction. Il court bien. Un véritable athlète... il approche... il arrive...

Et soudain, Paul le reconnaît.

— *Mister Byrd !* s'écrie-t-il. *Such a pleasure ! I've read all your books ! All of them ! From* Why ? *till your last one ! You can't imagine my excitement !*

— *Are you British ?*

— *No ! I am a French student*[1]...

— Alors, s'il te plaît, parlez-moi le français parce que je veux bien impressionner les gens...

---

1. — Monsieur Byrd ! Quelle joie ! J'ai lu tous vos livres ! Tous ! De *Why ?* jusqu'à votre dernier ! Vous n'imaginez pas à quel point je suis heureux !
— Êtes-vous anglais ?
— Non ! Je suis un étudiant français.

— Faire bonne impression...
— Voilà ! Tu as tout compris !
Ils éclatent de rire et se serrent la main.
— Moi, c'est William !
— Moi, c'est Paul !
— Et Paul étudie l'anglais ? Je dis ça parce que l'accent est formidable, tu peux me croire ! Comment tu as appris ?
— En écrivant un master... *Grandeur de l'Empire britannique à travers Alice au pays des merveilles. Links and similitude*[1].
— Évident ! dit William, enchanté de sa rencontre.
Ils ont commencé à marcher sur la route, ils sont dans la bonne direction puisqu'ils aperçoivent le panneau :

FONDEVEAU-SUR-BURETTE
JUMELÉE AVEC
LONDINIUM ON FLOWERS

— Qu'est-ce que c'est que ça, LONDINIUM ? demande William.
— LONDINIUM était le premier nom de Londres, aux temps de l'occupation romaine et de la construction du Mur d'Hadrien. Je crois que le jumelage a eu lieu quand on a trouvé des Thermes antiques à Fondeveau.
— Tu es d'ici ?
— Pas du tout ! Oh ! merde ! Vous avez vu ?
Il désigne un nouveau panneau, au bord de la route :

FONDEVEAU-SUR-BURETTE
12 KM 500

---

1. Liens et similitude.

Ça fait rire William, qui explique :

— Écoute : j'ai failli manquer le train, j'ai perdu le portable, j'ai voyagé presque dans les cabinets, j'ai pas mangé depuis le matin, j'ai vu partir le car, personne sait où je suis... et maintenant il faut aller à pied !

— Ça ne peut pas faire peur au champion de *hurdling*, Harvard, 1987 !

— Mais tu sais tout, toi !

— Ça vous rappellera *The Maisonnette*, quand Sonia doit traverser la forêt pour rejoindre le professeur Yoken là où vous la faites courir vers...

Un bruit assourdissant de ferraille couvrit le reste de sa phrase.

Une machine qui tenait à la fois du tracteur et du fardier de Cugnot sortait d'un chemin de traverse et les rejoignait avec fracas.

Le conducteur était brave homme. Voyant deux malheureux paumés sur le bord de la route, il s'arrêta sans couper son moteur, polluant ainsi la campagne d'une odeur d'huile chaude et de diesel recuit.

— Ces messieurs vont peut-être au Salon du Livre ? demanda-t-il.

— Ce monsieur est même le président du Salon, répondit Paul.

Le brave homme, impressionné, toucha sa casquette et les invita à monter.

— Je peux pas vous mener jusqu'au Salon, dit-il, je dois monter soigner les chevaux que j'ai là-haut, mais je peux vous rapprocher. Je vous laisserai juste avant le confluent de la Burette et du Groin, à six ou sept kilomètres du centre-ville.

Paul remercia, étonné par le silence de William. Ce silence était dû à la découverte que l'Américain venait

de faire : à ses pieds un saqueton fatigué rempli de pain !
L'eau à la bouche, il demanda :

— Je peux manger un morceau de pain ?

— Si vous voulez, dit l'homme en riant. C'est le
pain des chevaux. Prenez !

Et il ajouta :

— À condition que vous ayez de bonnes dents !

William se jeta sur un vieux croûton rassis avec
délices, le bruit de ses mâchoires se mêla au fracas de
la machine, il faillit s'étouffer, parvint à avaler et se
sentit mieux.

Alors il remercia le conducteur et, criant pour couvrir le bruit du moteur, lui demanda :

— Vous dites que vous avez des chevaux là-haut,
est-ce que c'est près de la ferme qui recevait des parachutistes pendant la guerre ?

La question bouleversa le paysan, au point qu'il arrêta
son engin et coupa le moteur avant de répondre :

— Ils sont tout près de l'endroit où *était* la ferme,
mon pauvre Monsieur... les Allemands l'ont brûlée en
se repliant vers le nord. Mon père m'a raconté, il en
pleurait presque vingt ans après... Le fils était prison-
nier, il n'y avait là que les vieux parents, la belle-fille
et la petite Sophie, cinq ans, toute blonde... tous abattus avant de mettre le feu... et dire que quelques jours
plus tard le pays était libre !

Les trois hommes restent silencieux. Le conducteur
soupire, tourne la clé... et le fracas reprend, l'engin
repart et roule en silence, si l'on peut dire, parce que
personne n'ose plus parler.

Quand il les eut déposés, en quittant la route il leur
tendit la main en disant :

— C'est tout droit !

Ils descendirent, remercièrent, regardèrent la machine s'engager dans un raidillon qui montait vers les hauteurs, s'éloigner, et ils reprirent leur marche. Ils firent quelques mètres en silence. Paul, attentif au paysage, s'adressa soudain à William pour dire :

— C'est terrible, l'histoire de la ferme !

William s'est arrêté sans répondre, il s'est tourné vers Paul et a dit :

— Grand-Pa a été parachuté dans cette ferme en 44, c'est pour dire merci à ces gens que je suis venu... merci à la petite fille blonde... Quand il est parti, elle lui a dit : « *Come back soon*, Monsieur Liberté ! »

Et, là, il éclata en sanglots.

Paul, bouleversé, tendit la main vers lui, William s'accrocha à cette main et serra le jeune homme dans ses bras. Comme on enlace un petit frère, un camarade de combat, un vieil ami... Puis il comprit que ce geste pouvait être mal perçu par le garçon et, au milieu de ses larmes, déclara :

— Je ne suis pas gay !

— Aucune raison d'être gai ! répondit Paul, étonné d'être dans les bras d'un des hommes les plus lus au monde.

Gay ? Gai ?

Puissance du verbe. Le mot. Le double sens. Le pouvoir des mots. La parole... L'écriture... Dire la vie... Écrivain !...

Ils s'arrêtent, s'assoient côte à côte sur un revers de talus au bord de la route. Bouleversés. Et, soudain, le fou rire les prend.

Gay ? Gai ?

Un fou rire avec larmes... Grand-Pa et la petite fille blonde sont avec eux dans ce rire.

— J'ai grandement faim ! dit William en s'essuyant les yeux, et le fou rire cessa.

Paul était désolé. S'il avait su, il aurait piqué quelques gros-gojas avant de quitter le train. Il chercha dans ses poches, espérant trouver un bout de chocolat, un chewing-gum... rien. Par contre il sortit son portable et le tendit à William. Pas de réseau. La totale.

— Il reste six kilomètres, constata l'Américain.

En se levant pour repartir, Paul dit :

— Moi non plus, je ne le suis pas.

— Pas quoi ?

— Gay.

— Gay ou gai ? demanda William.

— Les deux, dit Paul, et ils reprirent la route en silence.

Mais le silence ne dura pas longtemps.

Le confluent de la Burette et du Groin semblait avoir été peint par un élève de Trouillebert[1] et le tableau était si joli qu'ils s'exclamèrent ensemble :

— *Oh ! my God !*

Ils arrivaient à pied, comme ces voyageurs du Moyen Âge découvrant les villes au loin, au terme d'un long chemin sur la route qui poudroie, parmi l'herbe qui verdoie. Comme eux ils avaient droit à l'odeur de la nature. Et, comme eux, après un tournant de la route, ils aperçurent des toits, un donjon de pierre, des arbres et des jardins autour d'un vaste hôtel au creux de la vallée.

La ville.

---

1. Paul Désiré Trouillebert (1829-1900), peintre français de l'école de Barbizon.

— Grand-Pa n'a pas parlé d'un hôtel..., murmura William.

« Le monde change », pensa Paul.

À bord des autocars, les chauffeurs faisaient les annonces au micro :

— Mesdames, Messieurs, nous allons bientôt arriver au Grand-Hôtel des Thermes où vous seront délivrés vos passeports pour le Salon ainsi que des étiquettes à votre nom que vous devrez port...

Le bruit d'un hélicoptère sur le point de se poser sur le toit plat du « Palace in the World » couvrit le reste des instructions.

À tout hasard, Paul avait fait des signes à l'hélicoptère qui passait au-dessus d'eux avec fracas.

En vain.

DIVINA

Le passage d'un hélicoptère fit de nouveau s'envoler nos oiseaux.

— Il va se poser sur le toit des Thermes ! s'étonna Ahenobarbus, mais de quel droit ?

— C'est Monsieur Brogniard, expliquai-je. Il n'a pas voulu manquer l'événement. Il n'oublie jamais un service rendu et surtout pas quand il s'agit de sa fille !

L'hélicoptère survolait gracieusement le grand hôtel et amorçait sa descente avec art.

— Alors il est juste venu pour accueillir les auteurs. Il ne restera pas, Donatella se marie.

— Encore ? s'écria le chat.

— Ça ne fait jamais que trois fois !

— Non, quatre, dit Castagnié.

— Tu as raison, trois fois c'est son nez, je confonds ! Donc, elle se marie et il faut que son père soit à Syracuse...

— Sicile !

— Non, État de New York. Le nouveau mari est prof de natation à l'Université de Syracuse. Monsieur Brogniard fait donc juste un saut ici et reprend l'hélico pour regagner l'aéroport de Bron où il embarquera à bord de son jet afin de rejoindre les États-Unis dans la foulée. Pour rien au monde il ne manquerait un mariage de sa fille...

Mes paroles tombèrent dans un silence consterné.

— Elle est vraiment bête, Donatella, dit le châtaignier.

— Heureusement ! répondis-je. Si elle n'était pas aussi bête, elle n'aurait pas conduit la Lamborghini de son petit copain sans avoir son permis ! Elle ne se serait pas fracassée avec elle sur les rochers, elle n'aurait pas été soignée et sauvée par Claire. Bref, sans elle, sans son père milliardaire, il n'y aurait pas eu de résurrection pour la Source ! Donatella, nous lui devons tout ! Bénie soit-elle ! Oh ! vous avez vu ?

De l'autre côté de l'esplanade où, pendant des années et des générations, s'installa le Grand Cirque Pélardon, les sœurs Vertue, debout devant leur vitrine, avaient suivi le vol de l'hélicoptère.

— Elles vont vendre beaucoup de chapeaux, dit le chat. Maman a vu leur nouvelle collection et elle a dit que c'était super !

— C'est vrai qu'elles descendent de l'écuyer du Prince Noir, les sœurs Vertue ? demanda le châtaignier.

— Vertuou ! corrigea le chat. Vertuou ! à l'anglaise. Pas Vertue ! Elles y tiennent !

— Vertuou, répéta consciencieusement Castagnié, et c'est vrai, l'histoire du Prince Noir ?

Oui, c'était vrai. Mon Dieu, la guerre de Cent Ans, sang, douleur, misère... mais l'écuyer avait dit qu'il reviendrait en douce France et quelques siècles plus tard, après une guerre de plus, ses descendantes s'étaient installées dans une grande maison dont elles avaient fait une bien jolie boutique de chapeaux, dans cette douce France si chère à leur ancêtre.

Il faut dire qu'elles venaient de Londinium on Flowers située sur le même méridien de Greenwich que nous, qu'une de leurs grands-mères était née à l'ombre du Mur d'Hadrien, si bien que, parfois, nous avions l'impression d'avoir les mêmes souvenirs.

— Les cars arrivent ! cria une corneille, et tout le monde se tut et regarda.

L'arrivée est impressionnante.

Silence sidéré dans les autocars.

Les saltimbanques n'en croient pas leurs yeux en débarquant sur l'esplanade.

Ils ne s'attendaient pas à une telle magnificence dans une si petite ville...

« A Palace in the World. »

Ils reçoivent de plein fouet la beauté de l'hôtel construit dans le genre antique. Ils sont éblouis par la chorégraphie savante du personnel, grooms et chasseurs – spencer émeraude, pantalon gris souris – faisant la haie pour les accueillir au seuil du Pronaos[1]. Ils sont bluffés par l'allure d'ambassadeur de l'homme aux clés d'or, tandis que de gracieuses jeunes filles et des adolescents distingués, tous visiblement de bonne

1. Pronaos : partie antérieure d'un temple ancien. Cette appellation d'origine grecque a été préférée à celle de Lounge, trop galvaudée dans l'hôtellerie internationale.

famille, circulent avec des plateaux de friandises et de rafraîchissements et que des secrétaires à l'air capable, encadrés par Guillemette Lagarde et Gaston Claparède, distribuent dossiers et, portant le nom des auteurs, des étiquettes à épingler sur le cœur des participants.

Tout ça sous l'œil du maître.

Monsieur Brogniard.

Il a d'abord été furieux en apprenant qu'on avait égaré le président et le roi de la science-fiction. Rien que ça ! Excusez du peu ! Mais il ne serait pas Brogniard, de Brogniard et Pécuchon, si les pierres du chemin avaient eu le moindre pouvoir de l'arrêter dans sa course.

C'est lui qui décide. Qui a toujours décidé. Et gagné ! Pas les emmerdements. Qu'on se le dise !

Il est là tout sourires, aimable, gracieux, l'air disponible... Mais c'est lui le timonier, c'est à lui qu'on obéit, c'est avec lui qu'on est heureux, fiers, flattés d'être pris en photo.

Il baise la main de la princesse – il faut faire vite, il a peu de temps devant lui, dans quelques heures il doit donner le bras à Donatella à des milliers de kilomètres d'ici –, et la princesse Herdis se retrouve, le temps d'une photo, avec sa damette dans la Suite Impériale, au-dessus de jardins en fleurs...

La joie de la princesse éclate. Photo. Il l'entraîne dans la salle de bains. Photo. Il lui explique pourquoi la baignoire a trois robinets de vermeil : eau froide, eau chaude et... lait d'ânesse !

— Comme Poppée, Votre Altesse, la femme de... de qui déjà ?

— Néron... il me semble...

— C'est ça ! Néron ! Ah ! Néron ! Quel personnage !

Photo. Toujours avec lui, bien sûr ! *Business is business* !

Puis il regarde sa montre – modèle unique – et confie la suite du travail à l'attachée de presse de l'hôtel, une nièce de ce pauvre Pécuchon qui a toujours perdu son sens critique quand il s'agit de sa famille. La nièce, Amélie, mélange de prétention et de nullité, lui promet de s'occuper de la petite chanteuse et de la jolie Noire. Pour la première – Bijou, n'est-ce pas ? – ce sera la Suite Messaline. Pour la personne de couleur, la Suite Reine de Saba.

— Et surtout, surtout ! si le président ou l'autre, l'extraterrestre, arrivent, vous installez le premier dans la Suite Divina et le roi de la science-fiction sur la Planète Mars !

Elle a l'air si bête en le regardant qu'il précise :

— ... la *Suite* Planète Mars !

Il faudra qu'il ait une conversation avec Pécuchon. Lui rappeler que son beau-frère a déjà failli nous faire perdre le marché chinois ! Ai-je jamais confié un travail à Donatella, moi ? Jamais ! Elle n'est pas faite pour ça !

Puis il est parti, dernière photo avec Son Altesse, il a pris l'ascenseur pour rejoindre l'hélicoptère qui ronronnait déjà, là-haut sur la terrasse, et c'est seulement quand il a été en plein ciel qu'il a appelé Saladin pour lui dire :

— Mission accomplie ! À vous maintenant ! Embrassez Claire de ma part !

« Si je ne suis pas logée à l'hôtel, ils vont m'entendre ! » se promettait Ghislaine en ouvrant son dossier. Mais non elle était logée à l'hôtel, la chambre 50 lui était attribuée, au cinquième étage... une chambre, pas une suite comme pour la négresse ! Quand même, quel manque de discernement, de culture et d'égards ! Où allons-nous ?

Le rat, la chèvre, la puce et l'âne semblaient fascinés par la porte ouvrant sur les Thermes à l'extrémité du Pronaos... Une brume dorée s'en échappait, annonçant un autre univers.

Les cariatides façon Acropole soutenant le fronton sculpté étaient splendides... qu'est-ce qu'on arrive à faire, de nos jours, avec du polystyrène expansé ! Du plus pur Carrare ! Praxitèle lui-même n'y verrait que du feu !

Envie de plonger dans les délices des profondeurs du spa... mais on n'est pas venu pour faire trempette ! On est venu faire son métier, des gens attendent, de l'autre côté de la place, des gens attendent derrière des barrières métalliques que la fête commence !

On y va !

Et ça y est : c'est commencé !

Les premiers auteurs ont quitté l'hôtel et, guidés par les hôtesses jusqu'à la grande tente blanche, se sont installés à leurs stands.

Certains ont déjà beaucoup de Salons derrière eux, de bons et de moins bons souvenirs, mais que ce soit la première fois, comme pour Bijou, Josian ou Velléda, ou un numéro de plus à ajouter à une longue liste, c'est toujours la minute de vérité, la réponse à la question que chacun se pose... ou évite de se poser :

Qu'est-ce que je pèse ? Qu'est-ce que je vaux ?

Monsieur le Maire avec sa belle écharpe et Madame le Sous-Préfet en grand uniforme s'approchent du ruban tricolore, frontière symboliquement infranchissable du Royaume de l'Écrit. Monsieur le Maire offre galamment la paire de ciseaux que lui tend son premier adjoint à Madame le Sous-Préfet, qui le remercie d'un sourire... et coupe le ruban avec grâce !

Applaudissements de l'escorte.

L'inauguration commence par un arrêt devant les bandes dessinées, autant dire que ça démarre dans la joie et les rires. Les quatre Évangélistes n'engendrent pas la mélancolie !

Quelques stands sont encore vides... celui du président, bien sûr, comme celui d'Aoriste. Bijou non plus n'est pas encore arrivée, la nièce de Pécuchon l'a conduite jusqu'à la Suite Messaline : grand lit pour plusieurs personnes, miroirs au plafond, ambiance voluptueuse...

— Vous allez être bien, ici, vous allez vous sentir dans votre élément ! lui a dit la débile avec un sourire complice.

— Tu me prends pour une pute, chérie ? lui a gentiment demandé la rappeuse, t'as vu le décor ?! (Elle éclate de rire.) Je croyais qu'on avait fermé les maisons closes !

Amélie est sortie de la chambre, pincée, tandis que Bijou ouvrait le minibar en priant le Ciel d'y trouver sa boisson favorite.

Bijou se shoote au nectar de papaye, Bijou ne touche pas à l'alcool. Motif : son père est mort sous ses yeux d'un coma éthylique. Elle avait quinze ans.

Il y a du nectar de papaye. Ce Palace est un vrai Palace ! Elle ouvre un flacon, l'avale, tire la langue en se regardant dans le miroir du plafond, et part au travail.

Dans le Pronaos, la nièce catastrophe attrape un nom au vol :

« Monsieur Berde. »

Elle va enfin pouvoir prouver ses qualités dont souvent, elle ne sait pourquoi, son entourage semble douter.

Berde ! Byrd ! Ces Français déforment jusqu'aux noms propres, c'est lamentable ! Mais elle est là, Dieu merci, pour rendre à César ce qui lui appartient. Byrd ! Elle le pousse dans l'ascenseur malgré la résistance étonnée qu'il lui oppose, elle l'enrobe de compliments, de superlatifs (tout ça en Shakespeare commercial, bien sûr, elle a fait des études, elle !). Elle le jette hors de la cabine, lui fait traverser le palier au pas de charge, avant de le propulser dans le joyau de l'hôtel : la Suite Divina.

Bien sûr, elle ne l'imaginait pas comme ça, le best-seller... elle le croyait plus grand, plus sexy, plus beau... il a l'air si modeste... normal, les génies sont toujours modestes !

Elle se lance :

— *Mister Byrd, from all of us here at « the Palace in the World », welcome... It's an immense honour to have you within our walls! As such, you'll be staying in the Divina suite, the most prestigious of our « creations ». Here you'll find the best of what the world has to offer. A bottle of fresh champagne is already waiting inside, and the spa is directly accessible through the Jules Cesar elevator at the end of the hall.*

Mais quand il lui dit, en français, tout doucement :

— Mademoiselle, je n'ai rien compris, je ne parle pas anglais... elle sent qu'elle vient de faire une énorme bourde et fond en larmes.

Le malheureux est consterné, il se sent responsable de ces larmes, il avoue :

— Je ne suis pas celui que vous croyez... je suis Guillaume Berde... *Les Monades de Leibniz*...

— Les... quoi ?

— Les *Monades*...

— Les nomades de qui ?

— De Leibniz...

Dépassée, la pauvre fille éclate en sanglots.

Le service d'ordre a enlevé les barrières métalliques. Les lions sont lâchés ! Le public rugit et se précipite !

William a perdu Paul dans la foule.

Quand ils sont arrivés en ville, en voyant tous ces gens prêts à bondir, le garçon a sorti une casquette de son sac et l'a posée sur la tête du président. Protégé par la large visière, William ne risque pas d'être reconnu trop tôt. Il se laisse porter par la marée humaine qui le bouscule, le pousse, le repousse :

— Pas de resquille ! À la queue comme tout le monde !

Il se laisse même insulter – parfois – par ces gens qui n'ont qu'une idée :

Le voir !

Impossible d'approcher de son stand. Dans un flash il aperçoit une photo géante. La sienne. Il devine la tête d'un libraire pris d'assaut qui va et vient, affolé.

Une bousculade plus violente fait tomber sa coiffure... et l'incognito vole en éclats, le voilà reconnu, fini le mec à la casquette, place à William Jefferson Byrd ! Soulevé, porté en triomphe, applaudi, acclamé, William Jefferson Byrd !

La vague humaine déferle et le dépose sous sa photo entre deux piles de *The Last Thanksgiving*.

On a retrouvé le président !
Mais lui a perdu le garçon.

Il ne s'est pas attardé aux environs du Salon, le garçon.

Il a marché jusqu'au Gîte Romain qui lui a paru sinistrement désert après le tumulte qui régnait sous la tente.

— Vous désirez quelque chose, Monsieur ? lui a demandé une femme en tablier rose brodé de la mention « Gîte Romain », qui passait un torchon sur les tables du jardin.

La cinquantaine fatiguée. Le sourire chaleureux. A dû être très belle. Oui, Paul cherchait une chambre.

— Pas trop chère...

— On n'a plus rien, mon pauvre Monsieur, dit la femme, désolée. C'est le Salon qui a tout réservé !

Puis elle le regarde, touchée par sa jeunesse, son tout petit bagage, son air soudain désemparé...

— Attendez ! dit-elle, Il reste une chambre qu'on ne loue jamais parce qu'elle n'a pas de fenêtre. Ça vous ennuie ?

— Aucune importance !

Elle a posé sur lui un regard de mère et lui a dit :

— Allez, viens, mon gars !

Il l'a suivie le long du bâtiment tandis qu'elle lui disait :

— Tu pourrais être mon fils ! J'en ai eu quatre ! Tiens, nous y sommes !

Elle ouvrit la porte sur une cellule lugubre, exiguë, mais propre, et demanda, inquiète :

— Ça te va ?

— Épatant !

— Ce sera gratuit pour toi ! décida-t-elle sans s'attarder aux protestations de Paul. Les toilettes, c'est dans la cour, y a pas de télé dans la chambre mais je te porterai un petit poste. Tu vas au Salon ?

— … Euh … demain, peut-être…

— Si t'as besoin de quelque chose, je suis là.

Elle lui tend la main et se présente :

— Félicité.

— Paul, répond-il.

Le Salon.

La Sono a pris le pouvoir et hurlé d'une voix géante :

« Le président du premier Salon du Livre de Fondeveau-sur-Burette, William Jefferson Byrd, vient d'arriver à son stand ! »

L'annonce tant attendue est si forte que chacun se couvre les oreilles, échappant ainsi à une nouvelle explosion de décibels.

« FAIS GAFFE, GASTON ! LE SON ! »

À la satisfaction générale, tout s'arrête brusquement, avant de reprendre plus doucement.

Gaston a dû trouver le bon bouton, celui qui contrôle les niveaux.

Dans un hurlement de joie, des mouvements de foule convergent vers le stand du président retrouvé, venant des allées de droite, des allées de gauche, se heurtant aux bienheureux qui l'ont porté jusqu'à la place où William est maintenant assis au milieu de ses livres, souriant, aimable, image même de la béatitude et de la décontraction, alors que le malheureux est mort de faim et sur le point de s'évanouir.

Un vrai pro...

Calpurnia Berthézène, chargée de l'assister, lui tend une assiette de gâteaux. La jeune fille est étonnée de le voir se jeter voracement sur les petites madeleines et les brownies, avant d'engloutir trois congolais dans la foulée.

Mais, dès la dernière bouchée, il se jette avec le même enthousiasme sur le premier livre qu'on lui tend.

Un vrai pro...

« Pour Marguerite ! Pour Jeannette ! Pour Lucien ! Pour... ! Pour... ! Pour... ! Lovely ! Amitiés ! Friendly ! Sincèrement ! »

César devait lui aussi assister le président. Mais il a négocié un deal avec Alexandre Mercoiret...

Alexandre était prévu avec Marie Diakité. Alexandre, ne l'ayant jamais vue, a accepté, sans se douter de ce qu'il perdait, la proposition de César.

César, élève de seconde, est donc maintenant assis auprès de Marie Diakité.

Muet.

Pourtant elle l'a accueilli très gentiment... elle lui a même dit :

— C'est bien vous qui étiez à la gare, ce matin ? Je vous reconnais.

Il a eu à peine la force de lui dire oui. Il la regarde. Si belle, si lumineuse. Mais il sent qu'il y a quelque chose qui ne tourne pas rond... Elle cherche quelqu'un... elle semble contrariée... apercevant Guillemette Lagarde, elle l'attrape au vol et lui demande :

— Avez-vous vu Rodolphe Cartier ? Nous nous sommes perdus de vue en descendant du car et je me demande où il est.

— Oh, je crois qu'il a de gros ennuis avec son chanteur, le garçon pour qui il a écrit le livre... ils devaient se retrouver ici, et apparemment...

« Guillemette Lagarde est demandée d'urgence à l'accueil ! » dit la Sono.

Guillemette s'excuse et disparaît à travers la foule où elle tente de se frayer un chemin.

Marie, contrariée, sourit à César puis à une adolescente qui lui tend un livre à dédicacer.

Elle sourit. Mais elle pense à Rodolphe.

Ils avaient eu une conversation si merveilleuse dans le car... ils avaient ri, ils étaient bien ensemble... que s'est-il passé ?

Il avait dit : « On ne se perd pas de vue ! »

Rodolphe n'a pas le moral. La défection de Licinio da Silva ne le surprend guère, il a l'habitude de supporter son manque de sérieux et ses caprices. Footballeur devenu chanteur, couvert de fric et de filles, Licinio l'a déjà laissé tomber deux fois depuis la sortie du livre.

Fâcheux, mais ce n'est pas ça qui peut atteindre le moral de Rodolphe. Non, ce qui le contrarie c'est le coup de fil que Marie a reçu dans le car...

Elle était transfigurée de bonheur...

« Mon cœur ! Moi aussi je t'embrasse ! Je t'aime ! Très fort ! Oui, je serai là dimanche soir ! Promis ! Juré ! Bisous, bisous ! »

Il l'a évitée dans le Pronaos en se cachant dans les toilettes... il a vu qu'on venait la chercher pour l'installer dans une suite... lui, on l'a logé à trois kilomètres, au Gîte Romain, c'est dire le cas qu'on fait de sa présence !

Il a envie de se tirer, de tourner le dos au Salon, aux auteurs, aux livres et aux rêves qu'il aurait mieux fait de ne pas...

— Monsieur Cartier !

Guillemette Lagarde est devant lui, elle a l'air contente de le voir, soulagée. Licinio aurait-il réapparu ?

Non, la jeune femme veut seulement s'assurer que Rodolphe est là pour signer *Du ballon au micro*, des gens attendent et, ajoute-t-elle :

— Votre nom figurant également sur la couverture, auprès du sien, on vous réclame !

Rodolphe, lui aussi, est un vrai pro, il suit Guillemette et va s'installer docilement sous la photo de Licinio.

— Ah ! j'oubliais ! Monsieur Cartier, je viens de voir Marie Diakité, elle vous cherche ! Elle semblait désolée de vous avoir perdu à la descente du car ! Je crois qu'elle veut vous voir...

Rodolphe saisit le premier livre qu'on lui tend et, tout sourires, écrit :

« À Roger, de tout cœur ! », puis ajoute : « Très, très chaleureusement ! »

La vie est belle !

C'est César qui a sauvé la situation. S'apprêtant à verser un verre d'eau de la Source à Marie Diakité, il pousse un cri en lisant l'étiquette :

— Ne buvez pas, Madame, surtout ne buvez pas ! C'est l'eau de la source purgative !

Source aux vertus redoutablement efficaces puisque la déplaisante Sarah passe devant eux en courant, suivie de près, au galop, par l'ingrate Denise, puis, moins alertement, par le membre de l'Institut dont les yeux exorbités disent le niveau de souffrance du malheureux.

César abandonne Marie et se précipite vers l'accueil pour arrêter le massacre.

Une voix suave s'élève :

« Une petite erreur dans la répartition des eaux minérales nous contraint à prier Mesdames et Messieurs les auteurs de ne pas toucher aux bouteilles qui leur ont été distribuées. »

La chèvre, l'âne, la puce et le rat, de tempérament curieux, regardent aussitôt les jolies étiquettes sur les flacons posés sur leurs tables :

SOURCE DÉLIVRANCE DE DIVINA
EFFET INSTANTANÉ

La chèvre, l'âne, la puce et le rat hurlent de rire devant les clients qui rient de confiance, et rient encore plus fort quand ils savent pourquoi.

L'histoire de la colique évitée se répand comme une traînée de poudre – si j'ose me permettre – à travers le Salon. Tout le monde pleure de rire.

Non. Tout le monde ne pleure pas de rire.

Une petite fille pleure vraiment devant le stand vide d'Aoriste.

Elle tend le programme au libraire qu'assiste la nièce de Grégoire le Hardi, une jeune femme dont la moustache est déjà en bonne voie, et leur désigne le nom de son idole :

— Pourquoi il est pas là ?

On a beau lui expliquer qu'il va certainement arriver d'ici un moment, que c'est sûr, elle pleure de plus belle.

Ses larmes émeuvent le petit couple de garçons installé de l'autre côté de l'allée. Tous deux tentent de la rassurer. Ils affirment avoir été présents quand Aoriste a téléphoné à son attachée de presse, il lui a promis de venir, ils peuvent le jurer !

La petite les regarde et les trouve mignons. Puis elle prend leur livre en main et lit le titre à haute voix :

— *Avoir un bébé.*

Elle essuie une dernière larme et leur demande :

— Vous êtes mariés ?

— On voudrait bien, dit le plus jeune.

— Ce serait mieux pour le bébé, dit-elle gravement en reposant le livre.

Mais elle ne s'en va pas, elle reste devant le stand et les regarde encore.

— Votre livre m'intéresse, explique-t-elle, parce que, moi aussi, j'ai deux papas.

Jacques et Olivier restent sans voix.

Elle explique :

— Oui, c'est Papi et Pipa. Pipa c'est le mari de maman, enfin, l'ex-mari parce que Papi et Pipa sont ensemble. Ils m'adorent... moi aussi je les adore. Mais je sais qu'ils ne sont pas mon papa.

Jacques et Olivier sont transformés en statues de sel. Fanchon, sensible à leur attention, continue :

— Je voudrais bien le connaître, mon papa... parce que dimanche, j'aurai dix ans !

Olivier en a les yeux humides.

— Qu'est-ce qui te ferait plaisir comme cadeau ? demande Jacques.

— Mon papa !

La conversation n'ira pas plus loin, des hurlements de joie, des acclamations couvrent les annonces de la Sono.

Bijou arrive à son stand.

Un vrai triomphe.

Ils ont tout cassé !

Pas par violence ou brutalité, non, par amour.

Par amour pour la petite Bijou aux lèvres noires et aux ongles verts qui les aide à supporter la vie qui est difficile, et peut-être à se supporter eux-mêmes, eux qui ne sont pas faciles non plus.

Madame Bugeaud, terrifiée, essaie de dominer la situation. Dans le tumulte elle crie d'une voix de souris :

— Pas plus d'un livre par personne !

Un motard aux cheveux fuchsia vient d'en prendre cinq d'un coup. C'est sûr, on va manquer de livres, quel malheur !

Madame Bugeaud est veuve et sans enfants. Le rap, elle ignore ce que c'est, elle n'imaginait pas un tel délire, elle n'a pas écouté Blaise, son jeune commis, qui lui conseillait de faire une plus grosse commande... Si elle avait su ! Elle regarde la dernière pile de *J'm'en fous !* qui descend à vue d'œil, elle regarde Blaise qui rougit et avoue :

— J'en ai cinquante de plus en réserve.

Alors elle l'embrasse pour lui avoir désobéi, elle embrasse un géant tatoué qui l'aide à relever le stand écroulé sous le poids des clones de Bijou et, touché par sa gentillesse, le géant lui tape sur les fesses.

Madame Bugeaud est heureuse.

Elle se sent gamine au milieu des gamins. Blaise dit qu'on n'ira pas loin avec cinquante exemplaires, alors elle prend son téléphone et elle appelle le grossiste pour qu'il lui en livre cent le plus vite possible !

De loin, Sarah et Denise, revenues de leur expédition aux commodités, assistent au triomphe de Bijou.
Elles sont écœurées.
— Et ça s'appelle un Salon du Livre ! dit Sarah qui, très vite, sourit à un monsieur extrêmement chic qui a pris entre ses mains *Je te ferai souffrir* et se plonge dans la lecture de la quatrième de couve. Très distingué, le monsieur. Il vérifie que la photo de l'auteur est bien celle de la femme qui est en face de lui. Il la regarde...
La ressemblance n'est pas frappante... Sarah ne laisse circuler que des photos hors d'âge qui la représentent telle qu'elle était il y a vingt ans. Elle sourit encore et le monsieur lui sourit, continue sa lecture, et finalement sourit encore plus en reposant le livre sur la table avant de s'en aller.
Courant presque pour échapper à la queue qui ne diminue pas devant le stand de Bijou, une femme se précipite vers elle en criant :
— Enfin !
Elle pose son sac, volumineux, puis une pochette où elle a déjà deux exemplaires dédicacés de *The Last Thanksgiving*, et prononce cette phrase consternante :
— Au moins, chez vous, il n'y a personne !
Puis elle s'évente avec le programme, soupire et se penche vers les livres.
— Qu'est-ce qu'on a de nouveau, Mesdames ? Qu'est-ce qu'on a de beau ? Hein ? Voyons ! Voyons !
Elle lit à haute voix les titres :
— *Dis-moi encore que tu m'aimes... Je te ferai souffrir...*

Elle semble réfléchir profondément avant de dire :

— De toute façon, je les ai tous, vos livres ! Alors !

Et, brusquement, elle part en courant parce que la princesse de Kurlande vient de s'installer trois places plus loin.

Les deux femmes se regardent. Sans commentaire.

— Voulez-vous boire quelque chose, Mesdames ? demande une charmante jeune fille qui pousse un chariot de rafraîchissements.

— Non ! Non ! Non ! crient les deux malheureuses. Nous avons déjà donné !

Et elles restent sans voix au spectacle qu'offre sans vergogne un curé âgé en train d'embrasser deux petits gamins adorables qui se pendent à son cou.

Denise rappelle la jeune fille aux boissons.

— S'il vous plaît ? Le curé... là... il est pédophile ?

La jeune fille éclate de rire :

— Pas du tout ! Il est grand-père ! avant d'aller verser un jus de magnolia à la belle Velléda.

— Mais qu'est-ce que c'est que ce patelin ? demande Sarah qui signe, sans la lire, une pétition pour la suppression des corridas, croisade originale dans une partie de la France où jamais aucun taureau de combat n'a posé son sabot.

Devant le stand de Ghislaine, c'est calme.

Les clients ne se précipitent pas.

Ghislaine réactive son portable qui lui signale qu'elle a eu un message.

C'est le docteur Favier. Bizarre, ce n'est jamais lui qui appelle... il hésite au bout du fil... il semble déçu de ne pas l'avoir directement.

« Rappelez-moi dès que possible, chère Madame »,
et il a raccroché.

Qu'est-ce que ça veut dire ? Rien de bon, probablement. Alors elle appuie sur la touche rappel.

Ça sonne. Naturellement, il n'est pas là ! Et son assistante, odieuse comme d'habitude, dit qu'elle n'est pas
au courant.

— Eh bien, qu'il me rappelle dès qu'il sera de retour !

Même pas le temps de ranger son portable et une
belle femme se présente. Très bon genre, élégante sans
être tape-à-l'œil, la cinquantaine, l'air ouvert... sa lectrice type, n'est-ce pas ?

— J'adore tout ce que vous faites ! dit la belle femme
en lui tendant *Le Cœur des femmes* à dédicacer. Je rêve
depuis longtemps de vous rencontrer et de parler avec
vous... vous savez tout sur nous les femmes, sur nos
problèmes...

L'air modeste, Ghislaine boit du petit-lait...

— Ça fait dix-neuf ans qu'on est ensemble, dit la
belle femme, et, depuis dix-neuf ans, je me sens exploi-
tée... Attendez, j'ai un métier, je ne suis pas une simple
« femme au foyer » !... eh bien, depuis dix-neuf ans
c'est toujours moi qui descends la poubelle, qui fais
la vaisselle, la lessive, le ménage, le lit... tout, quoi !

Ghislaine soupire, elle a entendu ce discours des
dizaines de fois, elle sait ce qu'il faut répondre, elle
soupire encore :

— Classique ! Vieux comme le monde ! Et j'ai peur
que ça ne change jamais ! Les hommes seront toujours
les hommes !

— Sans doute, dit la belle femme, sans doute les
hommes sont comme ça, mais moi, depuis dix-neuf ans,
c'est avec une femme que je vis...

Ghislaine est sidérée. Ce cas de figure, elle ne l'a jamais rencontré. D'abord décontenancée par la nouveauté de la situation, elle voit brusquement tout le parti qu'elle peut en tirer. Elle en oublie même d'être scandalisée, elle qui déteste les homosexuels. Elle réfléchit vite... ce ne serait donc pas le sexe, le coupable, mais la position ? La position ? Oui, le fait d'être en couple, la nécessité de partager les tâches... et, pendant qu'elle expose sa vision des choses à la belle femme suspendue à ses lèvres, une idée de prochain livre lui vient...

« Entre femmes. » Original, non ?

Elle dédicace *Le Cœur des femmes* : *à Gertrude et Madeleine* en leur souhaitant beaucoup de bonheur, et quand sa lectrice s'en va, elles se quittent enchantées l'une de l'autre.

Ça lui a fait du bien, cette visite.

Et deux autres femmes suivent, qui viennent lui prendre des livres... charmantes ! Allez, la vie est belle !

C'est alors que son portable a joué les premières notes de l'Ouverture de *Guillaume Tell*, qu'elle a eu l'assistante du docteur Favier au téléphone :

— Lundi, 15 h 30, le docteur aimerait vous voir.

— Pourquoi si vite ?

— Je ne sais pas, a dit l'idiote au bout du fil.

Ghislaine a raccroché pour sourire à une dame qui tenait *Le Cœur des femmes* entre ses mains.

— Je le dédicace à quel nom ? demande Ghislaine.

— En tout cas pas au mien ! répond la femme en secouant le livre comme un poisson pas frais. Je me suis laissé avoir par votre dernier, je me souviens même pas du titre, mais je me souviens que j'ai détesté !

Tout ça à voix haute, devant tout le monde, devant le petit couple homo qui regarde la scène avec des yeux ronds.

La femme secoue toujours le livre, puis elle le jette et s'en va.

Ghislaine a la tête qui tourne, elle entend : « Détesté ! Je suis contente de vous le dire ! Détesté ! », et brusquement, elle s'écroule comme une masse sur la pile de *Cœur des femmes*.

Olivier et Jacques ont été formidables.

Olivier s'est précipité, l'a prise dans ses bras, l'a éventée, Jacques a bondi de leur stand, a couru vers l'accueil en écartant la foule sur son passage avec une autorité de chef, puis il est revenu au galop avec deux pompiers et Gaston Claparède, affolé. Très vite, deux autres pompiers arrivèrent, portant une civière. On y allongea la malheureuse qui n'avait toujours pas repris connaissance. « Nos amis de la bande dessinée vont vous faire exploser de rire en vous... » La voix joyeuse qui annonçait le programme se tut brusquement pour demander sur un ton plus grave qu'on laisse le passage aux services de sécurité, une personne avait eu un malaise...

Il y eut comme un craquement dans la foule. Tout le monde n'avait pas entendu... ou pas compris... mais la blessure de la Fête était sensible. Il s'était passé quelque chose.

Puis la voix joyeuse reprit son annonce : « Nos amis de la bande dessinée vont vous faire exploser de rire en vous racontant les histoires croisées de la puce, de la chèvre, de l'âne et du rat ! »

The show must go on.

Et Olivier se mit à pleurer.

La princesse était éblouie par le chapeau de la dame anglaise qui se faisait dédicacer *Nos délicieux desserts au hareng.*

Il est vrai que ce livre a toujours eu un succès fou au Royaume-Uni.

— Vous avez un très joli chapeau, Madame, dit Son Altesse, séduite par la fleur étrange qui orne la coiffure de sa lectrice qui la remercie chaleureusement et lui avoue que ce chapeau est son œuvre et qu'avec sa sœur elles ont un magasin de l'autre côté de la place...

Il suffit parfois d'une simple rencontre pour déclencher un grand succès !

Herdis de Kurlande, timidement, demande à la dame anglaise si elle peut essayer le chapeau.

— Bien sûr, Votre Altesse ! répond la modiste en ôtant sa coiffure et en la posant délicatement sur le front princier.

Et c'est parti ! Toutes les femmes vont vouloir être chapeautées par les sœurs Vertuc !

Vertuou, à l'anglaise, *obviously* !

Anne-Charlotte, folle de joie, n'a pas pu approcher du stand de SON William. Elle a tenté de conduire le maire jusqu'à lui. Impossible, malgré l'aide du service d'ordre.

Des gens désolés piétinent devant la table d'Aoriste. Elle ne s'inquiète pas, elle sait qu'il va venir. Il a toujours été en retard mais n'a jamais oublié un rendez-vous.

Elle a été bousculée par des pompiers qui portaient une civière. Elle a tout de suite demandé qui était là, allongé sous une couverture ? Ghislaine Rochevilaine, lui a-t-on dit. Ça l'a rassurée, ce n'était pas un de ses auteurs.

La Sono se déchaîne à nouveau, et maintenant c'est sur plusieurs niveaux.

Les annonces de tables rondes, de conférences, de rencontres, les va-et-vient des auteurs se croisent avec les appels à la famille du petit Marcel, le petit Marcel, cinq ans, que ses parents ont égaré et qui pleure en les attendant à l'accueil.

On a même promis qu'il y aurait une interview de William Byrd sur le plateau de Radio-Burette, mais ça a provoqué un tel mouvement de foule que Radio-Burette a préféré se déplacer jusqu'au stand pour y tendre le micro au président.

Il raconte. Le métro. La course. Le train. La porte bloquée. Les cars partis sous son nez ! Il raconte à quel point il avait faim ! Tout le monde entend, tout le monde écoute, tout le monde se régale et hurle de rire !

Mais William ne parle ni de Grand-Pa, ni de la ferme incendiée, ni des raisons qui l'ont fait venir à Fondeveau-sur-Burette.

Tiroir secret.

Il ne parle pas non plus du garçon qu'il a rencontré sur la route, le garçon qui a fait un master sur *Alice au pays des merveilles* et qui lui a prêté une casquette...

Paul.

Paul qui ? au fait !

Fanchon est passée devant la banderole « Littérature régionale », un endroit bien calme. Elle a regardé de loin les mutants bottés, casqués, hirsutes de gel, s'agiter devant la rappeuse dont elle adore le look. Puis elle a aperçu sa Dotty qui la cherchait... Elle s'est cachée derrière Monsieur Claparède pour qu'elle ne la voie pas. Elle l'aime bien, Dotty, mais elle aime bien être seule aussi. Elle a salué les élèves de terminale qui assistent les auteurs de bande dessinée.

— *Salve, discipulae* ! leur a-t-elle dit au passage, et ils ont répondu :

— *Salve, pulchra puella* !

Ça a surpris les auteurs qui ont demandé :

— Vous parlez toujours latin entre vous ?

— Toujours ! ont répondu les terminales. C'est une habitude, au lycée.

— Mais elle a quel âge, la petite ?

— Dix ans dimanche ! C'est une surdouée.

La surdouée avait pris *L'Âne de l'Émir* sur la table et feuilletait l'album avec délices.

— Vous avez du talent ! dit-elle à l'auteur en reposant le livre avec précaution devant lui.

Une surdouée. Qui s'exprime comme une grande personne. Charmante ! Autonome. Dix ans dimanche mais déjà adulte. Impressionnante.

Elle regarde les quatre garçons, leur sourit, et les voilà séduits pour l'éternité par la gamine ! C'est alors que débarque Jojo et que la chèvre a le malheur de lui demander gentiment :

— Et toi, tu aimes lire ?

— Nique ta mère ! répond le gracieux enfant avant de disparaître dans la foule.

Cette réponse qui n'a, avouons-le, qu'un rapport lointain avec la question posée coupe la chique aux quatre garçons.

— Il ne faut pas lui en vouloir, leur explique Fanchon, c'est un enfant malheureux.

Puis, souriante à nouveau, elle lève une main à la romaine.

— *Semper querens !* dit-elle aux terminales qui lui répondent d'une seule voix :

— *Semper querens !*

Et elle s'en va, sérieuse, continuant son inspection du Salon.

« Mesdames et Messieurs les auteurs sont conviés ce soir par Monsieur le Maire à un dîner de bienvenue, dit la voix de la Sono. Des cars seront à leur disposition dès 20 h 35. Les courageux pourront se rendre à pied jusqu'à l'hôtel de ville en suivant la rive droite de la Burette. Trajet délicieux ! Le salon fermera ce soir à 19 heures et ouvrira demain matin à 10 heures. Nous vous souhaitons à tous une excellente soirée ! »

L'Âne de l'Émir regarde son album... il est pensif... il a vu quelque chose... un indice... quelque chose de très particulier... mais il ne sait plus quoi... ça lui reviendra !

CHU de Fondeveau-sur-Burette.

Service de réanimation.

Claire ne quitte pas du regard le visage tourmenté de Ghislaine Rochevilaine.

Quand les pompiers la lui ont amenée, la malheureuse était inanimée. Pouls très faible, tension trop basse... la conscience a été lente à revenir... d'abord des larmes puis de gros sanglots et enfin Ghislaine a ouvert les yeux.

Elle a dit :

— Elle a détesté mon livre...

Puis elle a vu la longue jeune femme blonde qui lui souriait et lui tenait la main, elle s'est accrochée à cette main et au bleu des yeux de la longue jeune femme. Un bleu extraordinaire. Un bleu qu'on ne trouve que dans le ciel ou parfois dans le manteau de la Sainte Vierge, et là elle a de nouveau perdu connaissance.

Dans le sac déposé par les pompiers, Claire avait trouvé les coordonnées d'un certain docteur Favier qu'elle avait aussitôt joint par téléphone.

Ghislaine Rochevilaine était très malade.

Ghislaine Rochevilaine, romancière, invitée du premier Salon du Livre de Fondeveau-sur-Burette ne reprendrait pas le train des écrivains.

— Ne me quitte pas, dit-elle sans ouvrir les yeux.

« Ne me quitte pas »... ce que Donatella avait dit à Claire en reprenant connaissance après l'horrible accident de Saint-Fulgence-des-Vieux.

La pauvre petite, fracassée sur les rochers, était dans un état pitoyable. Pronostic de vie engagé, comme on dit à la télé quand il reste peu d'espoir.

Le père était arrivé de Chine dans les heures qui suivirent. Il avait convoqué un prix Nobel de médecine au chevet de sa fille. Le prix Nobel refusa d'abord de se déplacer et n'accepta finalement que parce que Brogniard lui avait promis un chèque colossal pour son hôpital de campagne de Gossi, au Mali. Prêt à emmener la blessée, le prix Nobel changea d'avis quand il l'entendit dire :

— Ne me quitte pas...

Donatella avait perdu sa mère étant toute petite, elle rencontra l'amour maternel dans les yeux bleus de Claire.

— Il faut laisser votre fille entre les mains de ce jeune médecin, dit le prix Nobel, elle seule est capable de la sauver.

— Mais, à son âge, dans ce petit bled, est-elle suffisamment compétente ?

Le père s'affolait, le prix Nobel souriait :

— Elle est compétente et, de surcroît, elle est magique.

C'est ainsi que commença le retour à la lumière d'un dieu de marbre dormant depuis des siècles au fond d'un lac d'eau chaude.

Claire y pensait en regardant la pauvre créature qui n'avait pas lâché sa main.

Ghislaine se réveilla enfin et lui dit :

— C'est trop difficile...

— Qu'est-ce qui est trop difficile ? demanda Claire.

— La vie ! C'est trop difficile !

Elle s'animait, reprenait des couleurs, retrouvait son agressivité.

— Vous avez vu le maire ? Le maire d'ici ! De ce petit pays de France ! Un Arabe ! Vous devez le connaître.

— Très bien, répondit Claire, c'est mon mari.

Mais elle le dit si doucement, si gentiment, que Ghislaine n'en fut pas fâchée. Seulement triste. Affreusement triste comme un voyageur qui revient d'Égypte et s'aperçoit qu'il a oublié de saluer les Pyramides et omis de franchir le seuil du Musée du Caire, sensation déchirante d'avoir tout loupé... traversé l'existence sans avoir rien compris, rien vu...

Elle murmura doucement :

— Je voudrais voir un prêtre...

— Très facile, dit Claire, je vais chercher mon papa.

Alors, à nouveau, la malheureuse perdit connaissance.

Les quatre Évangélistes n'avaient pu résister à l'appel de la brume dorée...

Ils avaient franchi le seuil de la porte ouvrant sur le spa...

Les autres étaient allés se rafraîchir, voire se changer, avant le dîner du maire, mais les quatre garçons étaient descendus dans les entrailles de la terre, à la source même de DIVINA. Le membre de l'Institut, l'abbé Dupuytrein et Rodolphe les avaient suivis, ainsi qu'Amélie Pécuchon, la malheureuse se sentant en quelque sorte responsable de tout ce qui était culturel dans la maison.

Ils n'imaginaient pas qu'un dieu de marbre les attendait au milieu de l'eau. Merveille ! Ils n'imaginaient pas la fraîcheur inaltérée des peintures murales, la douceur de l'air, la beauté des éclairages invisibles... Les derniers curistes de la journée quittaient les lieux, drapés de blanc, et s'en allaient d'un pas calme vers la porte aux cariatides, comme pour remonter le temps et retourner dans une autre époque.

Le silence était magique. C'est dans cette féerie que s'éleva la voix de la nièce de Pécuchon :

— Et vous la connaissez bien, Madame Chirac ? demanda-t-elle à l'abbé Dupuytrein.

Surpris, le saint homme répondit :

— Madame Chirac ?

— Oui !

— Mais je ne la connais pas.

— Vous avez écrit un livre sur elle sans la connaître ? pouffa-t-elle.

— Mais je n'ai rien écrit sur elle !

— C'est pas vous *Mes rendez-vous avec Bernadette* ?

— Mais si, mademoiselle : mes rendez-vous avec Bernadette Soubirous.

— Qui ça ?

— Bernadette Soubirous !

Heureusement, la voix d'une divinité invisible vint au secours de la déplorable enfant. C'était pour annoncer que le spa allait fermer dans quelques minutes, et tous les visiteurs se dirigèrent vers la sortie.

Sauf un.

Anselme Le Pouilleux avait quitté le petit groupe pour rendre une visite au Musée serti au milieu des Thermes.

Merveilleusement sourd, il n'entendit pas la voix de la divinité et poursuivit sa visite, ébloui, heureux, rajeuni de découvrir tant de beauté et d'harmonie venues du Passé.

Avant de quitter les lieux, Rodolphe s'était retourné une dernière fois vers les bains.

Il se sentait aussi ému que s'il avait été le premier à découvrir la source.

FONS DIVINA.

Il voulait tout revoir avec Marie.

Il avait besoin de partager avec elle toute émotion, toute joie, tout cadeau de la vie...

Il voulait surtout la revoir, elle, Marie !

Anselme Le Pouilleux se penchait sur un manuscrit de Félix Mazauric, un « Traité de Grottologie » envoyé en 1899 à Léonce Berthézène, avec de magnifiques dessins des merveilles souterraines des Cévennes, quand la lumière s'éteignit dans le Musée.

D'abord il se crut dans le noir complet.

Mais peu à peu il distingua des ombres autour de lui.

Les statues de marbre blanc semblaient émettre de la lumière. Suffisamment pour qu'il retrouve son chemin, qu'il sorte du Musée, et longe le lac d'eau chaude sans y tomber...

Il leva la tête et, très haut, devina une étoile dans un morceau de ciel.

Quel calme ! Seul le léger clapotis du lac, provoqué par l'irrégularité de débit de la petite cascade qui tombait d'un amas de rochers, troublait parfois le silence de la nuit, sans pour autant perturber le vieux monsieur.

« Tout reposait dans Ur et dans Jérimadeth », dit-il au dieu de pierre.

Puis il trouva un lit de repos, s'y allongea, heureux, ramena sur lui une couverture très douce.

Et s'endormit.

Tendance générale : les femmes avaient voulu se faire belles.

Résultat des courses : inégal.

Il suffisait que Velléda passe un peigne dans ses longs cheveux blonds, pose une touche de rouge sur sa bouche exquise, qu'elle répande une brume de parfum autour d'elle, pour qu'on croie voir Vénus naissant de l'onde dans sa coquille Saint-Jacques.

Pour certaines, il y avait eu plus de travail.

Sarah, pour le soir, raffolait des bijoux intellectuels, pleins de signification.

Elle avait choisi pour le dîner du maire un collier africain qu'un ami malintentionné lui avait rapporté d'un voyage au cœur d'une tribu peu connue. Sarah aimait porter ce bijou composé de crânes miniatures qui faisaient peur aux enfants.

Bijou avait sublimé son maquillage sans parvenir à s'enlaidir. Mission impossible !

Anne-Charlotte, en Chanel de combat, était prête pour le défilé et les passes d'armes.

Chantal et Ève étaient charmantes.

Jeunes.

Denise étrennait une robe de moine originalement décolletée dans le dos.

La Gorgone restait égale à elle-même.

Quant à Marie, elle était toujours aussi noire et aussi lumineuse.

Elle décida de ne pas prendre le car et de se rendre à pied à l'hôtel de ville. Elle avait besoin de réfléchir.

Rodolphe la découvrit auprès d'un immense châtaignier, au bord de la Burette. Elle s'était arrêtée devant deux cœurs gravés dans l'écorce de l'arbre et semblait méditer.

— Marie…, dit Rodolphe.

Elle se retourna et lui sourit.

Un groupe d'auteurs passa près d'eux, bruyants, gais, pressés...

— Rodolphe..., dit Marie, et elle lui tendit la main.

— Pourquoi aviez-vous dis...

— ... paru ? dirent-ils ensemble.

Avant d'éclater de rire. Heureux.

Ils se regardent. Ils sont bien.

Ensemble.

La nuit est belle. La nuit sera belle...

Le portable de Marie sonne...

Elle écoute, elle dit :

« Mon amour ! »

Et Rodolphe s'appuie contre le tronc du châtaignier pour ne pas s'écrouler.

La voix tendre de Marie lui perce le cœur :

« Maintenant il faut vite aller te coucher, dit-elle. Demande à Mademoiselle de te lire un chapitre de *Nils Holgerson*... vous en êtes où ? Très bien ! C'est un joli passage. Oui, chérie, Maman t'aime ! Très fort ! Bonne nuit, mon Anaïs, à demain. »

— Anaïs... Anaïs..., répète Rodolphe comme s'il savourait un bonbon. Anaïs..., répète-t-il, prêt à aimer cette enfant comme s'il l'avait faite.

Marie range son portable.

— Le pauvre chou... elle est perdue quand je ne suis pas là...

— Votre mari ?... ose timidement Rodolphe.

— Mon mari est mort quand elle était toute petite.

Et Rodolphe a honte d'être si heureux en apprenant la triste nouvelle, tandis que Marie dépose un baiser sur le tronc du châtaignier.

— J'aime cet arbre, dit-elle. S'il pouvait parler, il nous raconterait l'histoire des hommes. Il nous apprendrait des choses sur nous... Je voudrais connaître son nom.

— « Castagnié », dit Rodolphe en lisant un cartouche noir à lettres d'or sur le flanc du châtaignier.

— On y va ? dit Marie. Au revoir, l'arbre ! Au revoir, Castagnié !

Comme ils s'en allaient ensemble vers l'hôtel de ville, anciennement hôtel Salabert, une voiture de la mairie les dépassa. Charles Dupont-Ravier, rappelé d'urgence par son groupe à l'Assemblée, roulait vers l'héliport.

En réalité, il n'avait pas aimé sa chambre, et le seul client qui s'était arrêté à son stand avait cru que *Mes voix* était un livre sur Jeanne d'Arc.

L'hôtel Salabert fut construit en 1783 par les Compagnons du tour de France et des Devoirs Unis pour un fermier général qui n'en profita guère avant d'être guillotiné place de la Concorde à Paris.

La façade de la belle et grande maison entre cour et jardin brillait de mille feux en l'honneur des visiteurs.

Ils avaient salué au passage la statue du sergent Berthézène, admiré les bords de la rivière, repéré le magasin des sœurs Vertuou et sa floraison de chapeaux. Ils ne parlaient pas. Ils attendaient le moment de tout se dire. Il faisait doux en ce soir de mai et la nuit avait des odeurs de miel. Ils rejoignirent les autres devant l'hôtel de ville.

Le grand escalier les mena, sur son tapis rouge, jusqu'à l'entrée de la salle des mariages où les attendait Monsieur le Maire.

Il avait quitté sa ceinture tricolore d'élu mais il avait toujours ce grand air et cette belle allure qui faisaient penser à la fois à l'Histoire de France et aux héros cavaliers des *Mille et Une Nuits*. Près de lui, Madame le Sous-Préfet, toujours en grand uniforme avec feuilles d'or et tricorne...

Dieu que la République est belle ce soir à Fondeveau-sur-Burette !

Devant un lourd rideau pourpre qui fermait l'accès à la salle des mariages, Saladin attendit que la vague d'auteurs s'immobilisât sur le palier et les dernières marches de l'escalier, alors il leva la main droite en disant :

— Soyez les bienvenus !

Puis il se tourna vers le lourd rideau où quelques fleurs de lys et des abeilles voletaient parmi des lettres d'or. RF. Et il dit :

— Maintenant !

Et le rideau s'ouvrit sur une vaste salle où des buffets avaient été dressés.

Jusqu'ici rien d'étonnant pour une soirée dînatoire, si ce n'est que, devant les buffets, une dizaine d'adolescents en longues tuniques blanches se tenaient au garde-à-vous.

Calpurnia fit un pas en avant, joignit les mains et s'inclina devant les arrivants.

— Nous sommes les enfants d'une déesse, dit-elle. Nous avons tous grandi sous la protection de DIVINA, source sacrée rendue à la vie par la Foi de ses habitants après un sommeil de deux mille ans. Nous voulions la célébrer devant vous, cette source divine, en revenant... à la source ! si j'ose dire, et vous offrir ce soir un dîner romain comme aux temps des premiers Thermes. Nous aurions voulu ne nous exprimer qu'en latin, comme nous en avons l'habitude entre nous, mais *non licet omnibus adire latinum*[1], nous nous exprimerons donc en français pour vous souhaiter la bienvenue !

» Nous vous offrons un dîner comme aux temps des César, cependant nous avons renoncé aux talons de chameau, aux langues de rossignol, aux tétines de truie fourrées d'oursins, et, par manque de place, au triclinium. Mais les huîtres chaudes au miel sont là, les œufs brouillés à la gelée royale, la porchetta comme à Rome, le pélardon des Cévennes dont raffolait l'empereur Antonin, et, surtout, le pain cuit selon la recette de Caton l'Ancien. Alors, comme le faisait Paquius Proculus, le boulanger de Pompéi, pour ses pratiques, nous avons gravé un nom, sur un pain... le nom, c'est celui du président de ce premier Salon du Livre dont nous rêvons depuis des siècles ! *Ita diis placuit*[2] !

WILLIAM

» *Plaudite cives*[3] !

Et elle lui tendit le pain rond qui portait son nom dans un tonnerre d'applaudissements. William, ému, muet, tenait le pain encore tiède contre son cœur, puis, retrouvant sa voix, il dit :

— Celui-là, on ne le mangera pas ! Il sera gracié, comme, tous les ans, à Thanksgiving, une dinde est graciée par le président des États-Unis. Celui-là, il traversera les mers avec moi et connaîtra le Nouveau Monde.

Tout le monde applaudit... mais personne ne bougea. Alors César prit les choses en main :

---

1. Il n'appartient pas à tout le monde de parler latin.
2. Ainsi il a plu aux dieux.
3. Applaudissez, citoyens.

— *Tarde venientibus ossa*[1] ! dit-il.
Et ce fut la ruée sur les buffets.

À la troisième huître au miel, le rat déclara :
— J'ai une idée !
— Moi aussi ! Moi aussi ! Moi aussi ! dirent la puce,
la chèvre et l'âne.
C'était la même idée. Une idée merveilleuse : une
bande dessinée sur FONS DIVINA.
Mais en latin !
Évidemment !
Ad perpetuam rei memoriam[2].

William serrait toujours son pain contre son cœur.
Il était terriblement bouleversé. Il sentait que ce
voyage insensé avait encore des secrets à lui révéler.
Il ne bougeait pas, ne s'approchait pas du buffet, ne
parlait pas... il regardait la grande photo d'une femme
accrochée au mur au-dessus des tables et ne pouvait la
quitter du regard.

Jeanne Berthézène
1913-1974
Résistante

— Ma grand-mère, dit une voix à l'oreille de William.
Saladin l'avait rejoint, le débarrassait de son pain qu'il
confiait à la garde de Calpurnia, et, enfin, lui posait

---

1. Les retardataires n'auront que des os.
2. Pour en perpétuer le souvenir.

la question qui lui brûlait les lèvres depuis que l'Américain avait dit oui.

— D'homme à homme, les yeux dans les yeux, sincèrement, pourquoi avez-vous accepté de venir ici, Monsieur Byrd ?

— Je vais tout vous raconter, répondit le président. Voilà pourquoi je suis venu. Vers la fin de l'Occupation, mon grand-père a été parachuté ici dans une ferme... une ferme où vivait une adorable petite fille blonde...

Pétrifié, Saladin le regarde. Il voit les gens s'agiter autour d'eux. La tête lui tourne. Alors il prend William par le bras et lui dit, la voix éteinte :

— Venez, suivez-moi, nous serons plus tranquilles dans mon bureau pour parler.

Plongés dans les délices d'un buffet digne de Lucullus, la plupart des auteurs ne remarquent pas le départ des deux hommes. Mais la scène n'a pas échappé aux médias.

La Source Républicaine, le journal local, a été le premier organe de presse à les suivre. Très vite, les autres les ont rejoints. William et Saladin ont été entourés de crépitements, ont été aveuglés de flashes, mitraillés, enregistrés...

Il a tout raconté, William : le Grand-Pa tombé du ciel et recueilli dans cette ferme par deux vieillards, une femme et la petite Sophie...

Le maquis est tout près.

La Wehrmacht n'est pas loin.

William raconte.

Dans la salle des mariages, c'est la fête !

Ils se sont tous férocement abattus sur les plats, comme un vol de sauterelles sur les récoltes.

Les huîtres au miel, c'est fini !

La porchetta a connu un succès fou ! On en redemande !

Les plateaux de fromages succèdent aux plateaux de fromages !

Le dernier œuf brouillé est servi à la princesse Herdis qui se régale et trinque une fois de plus avec sa damette.

— Pas boudeuses devant la chopine, les Kurlandaises ! constate le rat qui en est à son quatrième pélardon.

La princesse a particulièrement grand air, ce soir. Sur une robe de crêpe noir très stricte mais quand même signée Olaf de Kytère, couturier de la Cour, elle porte le chiffre de la Reine, un hareng serti de brillants.

Laffenage l'a repéré tout de suite, le hareng.

Mais là, prudence. Les bijoux royaux, historiques, répertoriés, m'amènent que des emmerdes.

Non négociables.

La vieille aux diamants n'est pas là. Ni le membre de l'Institut. À leur âge, on se couche de bonne heure. Justement l'élégante, l'attachée de presse qui arrête pas d'en faire des caisses, a dit qu'elle a téléphoné à Le Faucheux... non, pardon !... à Le Pouilleux, dans sa chambre, et qu'il n'a pas répondu. Il doit dormir, pépé.

Bijou... qu'est-ce qu'elle est mignonne, la coquine ! Attends un peu, tu sais pas ce qui t'attend ! Le Père Noël va passer ! Tu regretteras pas d'être venue !

— Vous ne regrettez pas d'être venu, Monsieur Laffenage ? demande suavement Madame le Sous-Préfet qui s'approche de lui, souriante.

Souriante, mais renseignée. Les RG lui ont communiqué le dossier du malandrin. Ils l'ont à l'œil. Elle sait à qui elle a affaire. Aussi, toujours souriante, quand elle voit le commissaire Chaussenard qui s'avance, elle dit, gracieuse :

— Je ne vous présente pas, Messieurs, vous êtes de vieilles connaissances !

Martine Chambolle de La Place fait les honneurs de l'hôtel de ville en l'absence de Monsieur le Maire qui a disparu avec William Byrd. Elle a un mot circonstancié pour chacun, ne confond personne avec personne. Martine Chambolle de La Place, 1,64 mètre, 53 kilos, trente-sept ans, à la fois vraie blonde et vraie sportive, a l'étoffe d'un homme d'État. On comprend pourquoi le ministre de l'Intérieur s'intéresse tant à elle. Elle explique à la belle Velléda, inquiète de ne pas voir Josian Cambescot, que, ce soir, les Mercoiret le reçoivent chez eux. Ils ont organisé en son honneur une petite soirée avec les membres de l'Académie pour parler de son livre sur le saint local. Ou la sainte. Là est le mystère. Demain matin, Josian Cambescot doit faire une conférence très attendue où il dévoilera la vérité.

Puis tout le monde se retrouvera sur les hauteurs au-dessus de la ville, où sera servi un déjeuner gaulois.

— Bravo ! s'écrient d'une seule voix le rat, la puce, l'âne et la chèvre, on est tous très forts en gauloiseries, Madame !

Et ils se présentent en claquant les talons :

— Matthieu ! Marc ! Jean ! et Luc !

— Ah ! Voilà nos quatre Évangélistes !

— Oui ! Et voilà la jolie maman de la petite merveille qui parle latin mieux que Sénèque ! Pourquoi n'est-elle pas ici, en péplum, avec les autres ?

— Parce que la petite merveille est... petite ! Parce que demain matin elle a son cours de danse classique avec Mademoiselle Tamisier, qu'ensuite elle veut aller au Salon rencontrer son idole, et enfin que, dimanche, je tiens à la voir en forme car elle aura dix ans ce jour-là !

— Justement ! On voudrait lui faire un cadeau, dit timidement Olivier qui s'est rapproché d'eux avec Jacques. Elle est tellement adorable !

— Surtout pas de cadeaux ! Ses papas vont débarquer pour son anniversaire avec un camion de cadeaux. Ne me la pourrissez pas !

— « Ses » papas..., glisse le rat à l'oreille de la chèvre. Original, non ?

La sous-préfète accueille un grand et vieux curé qui accompagne Claire.

— Bonsoir, mon père ! Bonsoir, Claire ! dit-elle en les embrassant. On se demandait si on vous verrait ce soir.

— Papa et moi nous avons dû réconforter la pauvre Ghislaine Rochevilaine qui ne va pas bien. Papa a été formidable, elle allait vraiment mieux après s'être confessée, dit Claire qui salue les quatre Évangélistes visiblement troublés par l'abondance soudaine de papas dans la conversation.

— Où est mon gendre ? demande le curé.

— Dans son bureau avec Byrd et la presse. Je ne sais pas pourquoi ils sont partis brusquement...

Olivier et Jacques interviennent :

— Monsieur Byrd a dit que son grand-père avait été parachuté ici en 44...

— QUOI ?

Claire et son père ont crié ensemble et se précipitent vers la porte de la salle des mariages en courant. Avant de sortir, le curé se retourne et appelle César :

— Mon chéri ! Mets une veste sur ton péplum et cours au presbytère prévenir oncle David !

— *Alea jacta est*, Grand-père ! répond le garçon qui part comme une flèche en relevant sa robe.

Silence des quatre Évangélistes.

Martine éclate de rire et vient à leur secours.

— C'est très simple, dit-elle, vous n'êtes pas tombés chez les fous ou dans une secte. Je vais tout vous raconter de la famille Berthézène, du curé, de sa fille et de ses petits-enfants...

S'il y en a deux qui sont totalement indifférents à l'histoire des Berthézène, alliés, descendants et collatéraux, c'est bien Marie et Rodolphe, qui se sont installés sur une banquette dure et républicaine qu'ils ont traînée jusqu'au balcon où siège le drapeau, face à la nuit douce.

Ils ont à peine mangé, à peine bu... ils parlent. Le moment de se connaître, de tout se dire, est venu.

— Combien de fois avez-vous été le nègre de quelqu'un ? demande-t-elle.

— Dix-neuf fois, dit-il.

Alors Marie raconte ses émotions le jour où elle est devenue française.

— J'ai reçu une lettre... ça y était ! J'étais française. Une lettre. Une simple lettre. J'aurais aimé que quelqu'un me prenne dans ses bras pour me le dire...

— Je vous le dirai, tous les jours, et, tous les jours, je vous prendrai dans mes bras pour vous le dire, ici je n'ose pas... mais quand nous serons seuls...

— Juré ?
— Juré !
Elle rit. Il rit avec elle.
— Pourquoi vouliez-vous être française ?
Elle se tourne vers lui et dit simplement :
— Le chat, la belette et le petit lapin.
— Du palais d'un jeune lapin…, enchaîne-t-il.
— Dame belette un beau matin…
— S'empara, c'est une rusée ! disent-ils ensemble, et, tout d'un coup, ils découvrent tout ce qu'ils vont partager, tout ce qui les rassemble déjà. Une liste de mariage lourde de rires et de larmes, de blés mûrs, de vrilles de la vigne, une avalanche de cadeaux ! Le Pont-Neuf et le Louvre, la mer qu'on voit danser, le chevalier Bayard, le chien Brisquet, les Pauvres Gens, Jeanne et son cheval ! Ils vont tomber, comme Gavroche, avec Voltaire, avec Rousseau ! Ils vont prendre la Bastille, libérer l'Alsace-Lorraine, rencontrer Molière et Jean Moulin.

Un petit coup de vent et le drapeau s'agite tendrement, comme s'il partageait leur émoi.
— Je crois que je vais rentrer, dit-elle doucement.

Anne-Charlotte est heureuse.
Elle a eu chaud, mais tout va bien maintenant. Il ne manque plus qu'Aoriste pour que la fête soit complète, mais elle est sûre qu'il va arriver.
Anne-Charlotte est heureuse.
William a eu un vrai triomphe au Salon ! Et ici, c'était merveilleux ! Le discours de Calpurnia, l'offrande du pain gravé, comme c'était joli ! Et on va voir tout ça à la télé !

Anne-Charlotte est heureuse. Elle a laissé un message affectueux au cher Le Pouilleux qui doit dormir comme un bienheureux. Elle se réjouit en voyant la princesse en grande conversation avec Velléda dans une langue incompréhensible. Du kurlandais ? Du suédois ?

— Non, du danois, lui dit Melchior Trinquetaille qui a fait une thèse sur « Les idiomes du Nord ».

Du danois, une langue qu'elles semblent posséder parfaitement toutes les deux.

La princesse et la géante blonde, verre en main, font plaisir à voir. On les sent unies par une mer froide, des poissons succulents, des airelles acides, des fraises sauvages et des légendes aussi vieilles qu'Yggdrasil[1] et son Svartalfheim[2].

Anne-Charlotte n'a pas encore osé aller déranger Marie Diakité et le beau Rodolphe sur leur banquette municipale, tournant le dos à la fête. Le message est clair : foutez-nous la paix ! D'accord ! Mais elle les a dans le collimateur, elle a des projets pour eux, ils ne perdent rien pour attendre ! Elle reste à l'affût.

Autre stakhanoviste de l'observation, de son côté Bijou regarde, écoute, devine, évalue et ne coupe jamais le moteur... Elle s'est tout de suite débarrassée d'Othello qui lui colle et l'agace, en le chargeant d'une longue et fastidieuse mission auprès des petits péplums : leur demander et noter les recettes de Lucullus. Toutes les recettes ! Tu entends ? Toutes ! De quoi être tranquille un bon moment.

---

1. Arbre-Monde, « destrier du Redoutable » (Odin) dans la mythologie nordique.
2. Royaume des elfes obscurs et des dökkalfars, elfes sombres.

Elle observe... aussi s'aperçoit-elle qu'il y a quelque chose qui cloche...

Où sont passés le maire et le président ?

Où sont passés tous les journalistes ?

Étonnant que l'attachée de presse n'ait rien remarqué ! Un moment d'inattention ?

D'inattention ? Anne-Charlotte ? Jamais ! Tout à l'heure elle a reçu, mais alors vraiment *at the very moment*[1], un message d'Aoriste lui disant :

— Je ne suis pas loin ! J'approche !

Et, naturellement, comme elle lui demandait où il était exactement, catastrophe, plus de réseau ! Alors elle est sortie de la salle des mariages en courant, espérant que dehors elle allait pouvoir rétablir le contact.

Bijou s'est glissée à sa suite sur le palier, elle a entendu des voix derrière une porte... et elle est entrée, sans bruit, dans le bureau du maire.

Les premières minutes, Bijou a un peu nagé...

Puis elle a compris que ce Grand-Pa qui avait été parachuté près d'ici pendant la dernière guerre était celui de William.

Marrant !

Elle était frappée par le silence des journalistes, par l'émotion qui régnait dans la pièce. Ils attendaient tous, immobiles, quelque chose d'essentiel.

— À moi, maintenant, dit Saladin, je vais vous parler de Jeanne Berthézène, ma grand-mère...

Il raconte bien, Monsieur le Maire. Le genre de conteur qui te passionnerait avec un cours d'algèbre !

---

1. Au moment précis, au moment même.

Rien d'étonnant, il paraît que sa mère s'appelait Schéhérazade ! Elle était fille d'un harki tombé pour nous...

Dis donc, on s'ennuie pas, ici !

La grand-mère, institutrice, jeune veuve de guerre en 40...

Dis donc, c'est une vraie manie de mourir pour la France, dans la famille !

Dès le début de l'Occupation, elle recueille des gens après leur passage de la ligne de démarcation proche, puis quand il n'y a plus de zone libre, elle s'installe dans une petite maison appartenant aux Berthézène, sur les hauteurs, pas très loin de la ferme où, plus tard, le Grand-Pa tombera du ciel. Elle demande un congé à l'Éducation nationale, prétextant que son môme a le poumon faible... en réalité c'est pour accueillir des enfants cachés !

Il raconte vraiment bien, Monsieur le Maire.

On se croirait embarqués pour la Mille et Deuxième Nuit !

« Histoire de la belle veuve, des enfants cachés et des surprises d'une guerre », pourrait s'appeler le récit que chacun écoute, frappé de stupeur.

« Histoire de Calamity Jane d'Arc. »

C'est ainsi que l'appelle Federico, le chef du maquis proche.

Bijou écoute, Bijou aurait voulu la connaître, Calamity... où sont passées les héroïnes ? Pourquoi « Calamity » ? Jane d'Arc, je comprends, mais pourquoi « Calamity » ?

— Avec son fils Jean – mon père – qui n'avait pas du tout le poumon faible, ma grand-mère avait recueilli un petit garçon qui, une fois veuf, devait devenir mon beau-père. Monsieur le Curé, ici présent... Vous me suivez ? (La presse sourit, discrètement.) Bon. Monsieur le Curé, fils de Federico, ancien anar espagnol, chef du maquis local, et David, un petit juif dont toute la famille avait été arrêtée et même...

La porte s'ouvrit doucement et le conteur se tut, avant de dire :

— Le voilà, devant vous, David, l'enfant caché !

Précédé par César qui garde encore sa veste sur son péplum, avance un vieux monsieur fragile. Il porte un petit chapeau sur la tête, pas par impolitesse mais par respect pour Celui dont on ne prononce pas le nom.

Saladin va vers lui et les deux hommes s'étreignent longuement. Ils ne se sont pas vus depuis des mois. David est arrivé il y a quelques heures d'Israël ; comme tous les ans, il va passer la belle saison à Fondeveau en séjournant soit au presbytère, soit dans la petite ferme où il fut sauvé il y a plus d'un demi-siècle.

On le met au courant, on lui raconte Grand-Pa, on lui parle de Sophie et ses yeux clairs se remplissent de larmes.

La presse sort de son silence, de son immobilité.

Ça y est, c'est reparti !

Photos. Crépitements. Questions.

Comment était-elle, Calamity Jane ?

— Merveilleuse ! répond David. Terriblement sévère avec nous en ce qui concernait les études. Elle nous faisait travailler beaucoup plus que des élèves normaux. Elle nous aimait tellement qu'elle ne voulait pas que notre éducation se ressente de la guerre. Et si tendre, si maternelle...

— Alors pourquoi « Calamity » ?

Le vieux David sourit tristement et reste silencieux un moment avant de poursuivre :

— Ce devait être peu de temps après le dernier para-
chutage. Nous ne recevions jamais les parachutistes. Ils
étaient toujours dirigés par le maquis sur la ferme...
de la petite Sophie. Et, malheureusement, quelqu'un
dénonça le vieux fermier... Qui ? On ne l'a jamais su...
les Allemands furent alertés. Ils se repliaient. Ils étaient
nerveux. Ils sentaient la fin proche. Ils tiraient sur tout.
Sur rien. On les savait dans le secteur. Jeanne eut peur
pour nous. Elle nous cacha, toi et moi, dit-il en se tournant vers le curé, dans une petite grotte proche de la
maison. Nous y restâmes des heures, puis elle vint nous
chercher, le fusil à la main, avec ton père, Saladin, et
nous dit : « Ils sont partis ! » C'est là que des aboie-
ments nous alertèrent. C'était Brave, le chien, qui signa-
lait quelque chose d'anormal. Elle nous fit regagner la
grotte, tous les trois cette fois, elle nous fit promettre
de ne pas bouger et s'en alla à la rencontre du chien.

Il a du mal à poursuivre, David, il se tourne vers le
curé et lui demande :

— Tu veux bien continuer, Pierre, moi... je ne peux
pas. J'ai du mal à remuer ces souvenirs...

Le curé prit le relais :

— Nous l'avons trouvée, elle tenait toujours son fusil,
un peu plus loin, au pied de la falaise qu'on appelle « Le
saut de l'âne », le chien aboyait de plus en plus fort,
et elle était penchée sur un corps inanimé... un Allemand en uniforme. Elle ne nous a pas repérés tout de
suite... le soldat a bougé et elle a serré ses mains sur
son arme... puis il a tourné la tête et... elle l'a vu...

— C'était un enfant ! explique David. Il paraissait
avoir deux ou trois ans de plus que nous. À peine. Il
a ouvert les yeux, il l'a regardée et il a dit : « Mutti ! »
avant de perdre connaissance.

Et là, comme toujours quand on raconte cette histoire devant lui, César fond en larmes.

Les autres attendent.

Le curé poursuit :

— Jeanne ne parlait pas allemand, mais existe-t-il une seule femme au monde qui ne comprenne pas un enfant qui appelle sa mère au secours ? Le soldat n'avait plus de couvre-chef, plus de ceinturon, dans sa chute il s'était blessé au bras, au front, et il tremblait de froid malgré la douceur de l'air. « On l'emmène à la maison, dit Jeanne, tout de suite ! » Nous l'avons porté sans qu'il reprenne connaissance. Du sang coulait de son bras sur la main de David. Aucun de nous qui vivions si proches du maquis ne trouva anormal de secourir un soldat ennemi. Pas besoin de paroles et de discours pour expliquer qu'avant tout ce soldat était un enfant.

— Mais Jeanne venait de perdre son mari, dit un journaliste.

— Oui. Et elle détestait les Allemands.

— Elle était très croyante ?

— Pas du tout ! « Ni Dieu, ni maître ! », disait-elle. Pourtant, ce jour-là, quand elle eut déshabillé le blessé, brûlé son uniforme, lavé ses plaies, qu'elle l'eut rhabillé avec des vêtements de son mari mort, elle alla chercher une vieille Bible et nous lut : « Tu ne tueras point ! » Vous savez, Jeanne, elle n'était pas facile, elle n'était pas marrante... elle était superbe de liberté. Le garçon délirait... en allemand, bien sûr, et Jeanne se désolait de ne pas le comprendre. « Moi, je le comprends, dit David, ma grand-mère est allemande. » Il ne savait pas qu'elle était déjà partie en fumée, sa pauvre grand-mère !

David reprend la parole.

— Il disait : « *Nein ! Nicht das mädchen ! Nicht das mädchen ! Bitte nicht erbarmen*[1] *!* »... et il pleurait... C'est comme ça qu'on a su, pour Sophie...

William a pris sa tête entre ses mains. Personne ne bouge. Parfois un éclat de rire vient de la salle des mariages.

Le curé poursuit son récit :

— Le soir de ce jour terrible, mon père est venu et Jeanne lui a tout raconté. Il était hors de lui, c'est là qu'il l'a appelée Calamity Jane, en lui disant qu'elle nous mettait tous en danger. « Un soldat allemand ! criait-il. Tu risques des représailles à la fois de la Wehrmacht et du maquis ! Tu es folle ! » Elle lui dit : « Tu aurais préféré que je tue un enfant devant les nôtres ? Que je sois comme ceux qui ont tué la petite Sophie ? Je ne peux pas leur épargner les larmes. Mais la honte, oui ! » Alors Papa a souri, et il a dit : « Calamity Jane, d'accord ! Mais Calamity Jane d'Arc ! » Puis il a demandé le nom du garçon, et quand il a pu poser un nom sur lui – Werther –, Jeanne a su qu'il acceptait, lui aussi, de le sauver. Il est allé le voir. Il a dit : « Werther »... Il a regardé la plaie à son bras. Ce que Jeanne avait pris pour une blessure due à la chute du garçon parmi les rochers, c'était une blessure par balle. Papa avait connu la guerre civile en Espagne. Il savait lire dans la chair d'un blessé. La balle était peu profonde. Ils l'ont extraite. Werther pleurait. Nous aussi. C'était une balle allemande.

— Je l'ai toujours gardée, dit David. La voilà !

Il montre un tout petit morceau de métal au bout d'une chaîne de montre. Un tout petit morceau de

---

1. Non ! Pas la petite fille ! Pas la petite fille ! Pitié !

144

métal capable de donner la mort. Balle-sœur de celle qui a ôté la vie à la petite Sophie. Et c'est comme s'ils étaient là, Werther et Sophie, au milieu d'eux, près de soixante-dix ans plus tard. Vivants...

David poursuit :

— En quelques jours, on est devenus amis... il était de Dresde, comme ma grand-mère. On chantait ensemble la petite chanson du garçon qui part voir le monde, de sa mère qui pleure de le voir partir...

Il fredonne « *Hänschen klein ging allein...* » et cette comptine douce pour petits enfants heureux fait froid dans le dos.

— Puis Werther est allé de plus en plus mal. On n'avait pas les bons médicaments, et Mutti craignait pour sa vie... Le pays se libérait, une ambulance est venue chercher des blessés au maquis, on l'a fait partir avec eux en disant qu'il était un Allemand anti-nazi... et c'était vrai. On n'a jamais eu de nouvelles de l'ambulance...

— Et de Werther ? demande une journaliste.

David fait signe que non. Silence.

— Toute ma vie, je l'ai cherché. Comme ceux qui ont passé leur vie à chercher un criminel de guerre, un Barbie, un Eichmann. Mais moi, je ne cherchais pas un criminel, je cherchais un ami.

« Putain de vie ! », pense Bijou.

— Il doit être mort depuis longtemps, conclut tristement David.

« Comme tous les tiens, oncle David », pense César qui essuie ses larmes.

Et là, la porte s'ouvre brusquement devant Gaston Claparède qui annonce d'une voix triomphante :

— Aoriste est arrivé !

Un Gai-Luron à la main, le roi de la science-fiction raconte son odyssée à un auditoire charmé :

— Pardonne-moi, Anne-Charlotte, je n'ai pas pris le bon train ! Je me retrouve à Poitiers et là, le trou ! Le trou et l'erreur ! Je loue une voiture et je prends la direction de Saint-Cyr-sur-Loire, sûr que c'était là que ça se passait. À Saint-Cyr, rien. Étonné, je me rends à la mairie et là, ils me disent : « Ça doit être à Fondeveau-sur-Burette, nous, ce sera le 2 juin. » Ils me font jurer que je viendrai. J'ai juré. J'irai ! Après, je me suis encore perdu ! Pardon encore, Anne-Charlotte ! répète-t-il en l'embrassant.

Depuis un moment Madame le Sous-Préfet tente de se soustraire à la cour pressante que lui fait Abd Ar-Rahman. Cette arrivée tombe fort à propos pour qu'elle l'abandonne. Charmante, elle lui explique :

— Je vais enfin savoir à quoi il ressemble cet Aoriste dont ma fille est folle ! Excusez-moi !

Elle s'est retournée et elle l'a vu.

Jean-François Lantier, son premier amour.

— TOI !

Ils ont crié ensemble et sont restés pétrifiés l'un devant l'autre.

Elle est bien près de l'évanouissement, Madame le Sous-Préfet.

Il n'en mène pas large non plus, le bel Aoriste, et tout ce qu'il trouve à dire, c'est :

— Pourquoi t'es-tu mariée ?

Question énorme qui reste sans réponse, Madame le Sous-Préfet disparaissant soudain sous les yeux étonnés des assistants.

TOI ! Ce cri du cœur, *L'Âne de l'Émir* l'a entendu quand Aoriste et Martine se sont retrouvés. Et, brusquement, il comprend ce qui l'a frappé quand la petite surdouée est venue les voir sur leur stand du Salon.

Alors il délire, l'âne, il en a les larmes aux yeux, il crie :

— Merveilleux ! Merveilleux ! Je le savais !

— Mais quoi ?

Il ne répond pas à la question des trois autres Évangélistes. Il semble possédé.

— Plus magique que la pantoufle de vair ! que la bague perdue par Peau d'Âne ! que le baiser qui réveille la princesse Aurore ! Une petite tache que tous les parfums d'Arabie ne pourront effacer ! Une petite tache-fée qui dénoue le sortilège !

Le rat, troublé, lui tend un verre d'eau. La puce lui avance une chaise, la chèvre touche son front d'une main tremblante...

— Je vais bien ! Je vais très bien !, leur dit-il.

Puis, les voyant tous les trois inquiets, il tente de les rassurer :

— N'ayez pas peur. Demain au plus tard vous saurez tout !

Et il repousse gentiment le verre d'eau en disant :

— Je préférerais quelque chose de fort !

Tout le monde est rentré à pied. La nuit était trop belle. Les natures les plus moroses se laissaient emporter par l'allégresse générale. Le Gai-Luron et le vin de Loire y étaient pour quelque chose, certes, mais aussi l'air que l'on respire sur les bords de la Burette. Certains chantaient, on entendait des éclats de rire, des chuchotements joyeux... « Il y a longtemps que je t'aime... » monta dans la nuit. On découvrit alors que la déplaisante Sarah avait un joli brin de voix qui se mariait agréablement à la basse profonde du Don Juan arabe. Laffenage retrouvait le moral en apercevant Bijou qui congédiait Othello en approchant de l'hôtel, Othello qui, logé au Gîte Romain, s'éloignait de la mignonne.

Marie et Rodolphe s'étaient écartés du groupe, s'arrêtaient devant le châtaignier et, sous ses branches, ils s'embrassaient pour la première fois.

Heureux.

Seul Aoriste ne participait pas à la joie générale. La rencontre avec Martine l'avait bouleversé. Il avançait comme un automate, muet, absent, ne songeant qu'à être enfin seul pour penser à Martine. Martine retrouvée. Martine perdue. Mariée.

— Quel con je suis ! dit-il à voix haute.

Frère Modeste échangea un regard inquiet avec Ève.

— Je peux t'aider ? demanda-t-il à Aoriste.

Mais Aoriste ne répondit pas et partit en courant vers l'hôtel pour demander sa clé au portier le plus vite possible.

— Il a peut-être un peu trop bu ? dit la jeune femme, pleine de compassion.

La princesse et Velléda, filles du Grand Nord, tâtaient l'eau de la Burette, projetaient d'y prendre un bain... tout de suite ! Déjà Velléda commençait à jeter ses vêtements à terre pour la plus grande joie des Évangélistes. Heureusement, Gaston Claparède, affolé, dissuadait les deux intrépides Vikings de se jeter à l'eau, leur parlant de rochers affreux, de gouffres sans fond, totalement inventés bien sûr, mais le pauvre adjoint à la Culture de Fondeveau-sur-Burette se voyait déjà passer la nuit avec les pompiers, attendant le résultat des tentatives de réanimation, prêt à entendre la plus affreuse des nouvelles... « Nous avons fait tout ce qui était humainement possible, malheureusement... »

Son mensonge fut efficace car Velléda ramassa sa jupe et sa veste, échangea quelques paroles incompréhensibles avec la princesse et elles rejoignirent les autres qui se pressaient déjà devant la réception.

Aoriste avait gagné la Planète Mars, Bijou la Suite Messaline, tout le monde réclamait sa clé. Tout le monde était pressé et il n'y eut bientôt plus personne devant le desk.

C'est alors qu'arrivèrent Rodolphe et Marie.

L'homme aux clés d'or connaissait son métier sur le bout du doigt. Il savait que le beau garçon qui accompagnait la Noire resplendissante ne logeait pas à l'hôtel. Il avait l'habitude de se plier aux caprices des clients, surtout quand il s'agissait de personnes respectables comme cette dame, professeur au Collège de France. Il tendit la clé Reine de Saba à Marie et s'inclina. Malheureusement, Rodolphe croisa son regard et ce qu'il lut dans ses yeux le blessa. Oh ! trois fois rien ! une amorce de sourire complaisant. Trois fois rien, mais trois fois trop. Pas pour lui. Pour Marie.

Alors Rodolphe saisit la main de Marie, y déposa un long baiser et dit :

— Je vous souhaite une très bonne nuit, Madame !

— Moi aussi, Monsieur, répondit-elle, à peine surprise.

Elle aussi avait perçu le regard de l'homme aux clés d'or.

Anne-Charlotte n'en pouvait plus.

Quelle journée !

Elle avait laissé filer Aoriste, elle n'avait pas retrouvé William, elle avait mal aux pieds... elle en avait marre ! Dormir ! Qu'étaient-ils devenus ?

— J'y penserai demain..., dit-elle à l'homme qui lui tendait sa clé.

— Certainement, Madame, répondit-il en s'inclinant respectueusement.

Il avait tout préparé dans sa tête. Il avait repéré le trajet sur la façade, le balcon au-dessus de l'acacia propice à l'escalade... Là-haut, dans la suite, il y avait encore de la lumière. Laffenage commença son ascension.

Il atterrit souplement sur le balcon de la Suite Messaline et se glissa à l'intérieur par la porte-fenêtre grande ouverte.

Il était dans la place.

D'abord il ne l'a pas reconnue.

Envolées les pattes de mygale, effacée la bouche noire, lessivées les paupières tango. Devant lui, au pied du king-size grand ouvert sous le plafond de miroirs, se tenait une ingénue toute rose en pyjama de coton imprimé de petits canards.

Il se demanda s'il ne s'était pas trompé de chambre, mais il fut rassuré quand il entendit la voix envoûtante de Bijou.

— Qu'est-ce que tu viens faire ?

— À ton avis ? dit-il en souriant, sûr de lui, presque gentil soudain.

— Fais gaffe !

Elle n'avait pas haussé le ton, elle n'avait pas bougé, il s'approcha encore, conquérant, le sourire aux lèvres, tendit un bras vers elle et se retrouva à l'autre bout de la pièce, un œil fermé, une cheville foulée, la main gauche en sang, sidéré.

— Ceinture noire Taekwondo, expliqua la petite.

Sur la moquette, Laffenage avait du mal à respirer, Bijou, inquiète, se pencha sur lui.

— À ta place j'irais aux Urgences, dit-elle.

Elle l'aida à se relever, l'accompagna jusqu'à l'ascenseur, attendit que la cabine s'arrête à l'étage et l'embarqua en lui donnant un dernier conseil :

— La marquise aux bagues, tu oublies ! Sinon, ceinture noire Taekwondo ! Bonne nuit, connard !

Puis elle retourna dans la Suite Messaline et, là, téléphona au gardien de nuit pour le prévenir qu'un monsieur avait fait une mauvaise chute dans l'escalier et qu'il fallait le faire hospitaliser le plus vite possible.

Elle se met au lit, sous les miroirs cochons... et elle a un petit coup de cafard, Bijou. Ses musiciens lui manquent !

Vivement qu'on se remette au travail !

Dans la cuisine des Berthézène, William finit une omelette au fromage.

— C'est mon premier repas de la journée ! dit-il avec reconnaissance à Claire qui rit et lui propose une glace aux marrons.

— Des marrons de notre cher Castagnié, le plus vieux de nos châtaigniers.

Le pain gravé au nom de William est sur la table, bien en vue pour qu'il ne l'oublie pas. Il éclate de rire.

— Pas de danger !

La glace est délicieuse. Il en redemande et ça fait plaisir à Claire et à Saladin.

— Votre femme..., commence-t-il, puis il dit : On peut se tutoyer ?

— Tu parles ! dit Saladin, en souvenir de Grand-Pa.

— Et de Calamity Jane d'Arc ! On... tope là ? C'est comme ça qu'on dit ?

— C'est comme ça !

Ils topent comme à la foire.

— Alors, ma femme ?...

— Eh bien, ta femme, elle a les yeux d'un bleu théologique !

— Comme c'est joli ! dit le maire, et comme c'est vrai !

— Ça va faire plaisir à Papa, dit Claire.

— Papa curé ? demande William.

— Maman est morte à la fin de mes études, en même temps que le curé de Fondeveau. Personne pour le remplacer, alors il s'est proposé.

— Et qu'a dit le grand-père anar ?

— Eh bien, dit Claire, le grand-père anar...

Elle s'interrompt en voyant entrer ses enfants.

Ils ne sont plus en péplum mais en jeans et tee-shirts Divina. Ils viennent de raccompagner leur grand-père et celui qu'ils appellent « oncle David » au presbytère, les vieux messieurs tous deux bien émus par leur soirée de souvenirs.

William reconnaît Calpurnia et César qui ont présenté le dîner romain, et salue Auguste et Paulina qui les assistaient.

— Quatre enfants ! dit-il. C'est magnifique !

— Six ! précise Saladin. Il y a encore les jumeaux, Octave et Antonin, qu'on a couchés de bonne heure, ils

ont sept ans. Allez vous coucher vous aussi, les petits !
Demain on compte sur vous !

Les adolescents embrassent leurs parents, embrassent
William, et la petite Paulina lui dit :

— C'est magnifique ce que vous écrivez !

Il est tout remué, William, il regarde la jeunesse qui
quitte la cuisine, il se sent en famille, William ! Un
gros chien est assis près de lui... il a un chat sur les
genoux, un chat qui ronronne fort et le regarde en plis-
sant ses yeux verts.

— On dirait qu'il écoute ce qu'on dit, le chat...

— Ahenobarbus est un membre de la famille, tout
ce qui nous arrive le concerne, pas vrai, mon minou ?

C'est le moment que choisit le gros chien pour poser
une patte sur ce qui reste de place à côté du chat.

— Brave, lui aussi est un Berthézène, dit Claire.

— Brave ? s'étonne William qui calcule que ce chien
doit approcher des quatre-vingt-sept ans.

Le maire sourit :

— Tous nos chiens, depuis la guerre, se sont appelés
Brave en souvenir du compagnon de Jeanne.

La main de William va de la grosse tête du chien au
fin museau du chat, caresse fraternelle et douce.

— Ils nous en diraient, des choses, s'ils pouvaient
parler !

Brave et Ahenobarbus échangent un regard qui dit :
« Écoute donc, Frère homme, et tu entendras ! »

Le téléphone de Claire lâche quelques notes du Chant
des partisans. Aussitôt elle est debout, prête à partir s'il
le faut... et il le faut. Un blessé vient d'arriver au CHU.
Un auteur. On ne lui en a pas dit plus. Elle y va.

William se lève et s'aperçoit qu'il a oublié de parler à Saladin du jeune homme qu'il a rencontré en

descendant du TGV. Le jeune homme avec qui il a marché vers la ville. Le jeune homme qui a disparu. Paul.

— Paul qui ?

Justement, William ne sait pas.

Un jeune homme délicieux, spécialiste d'*Alice in Wonderland*... cultivé, sensible...

Le maire rit :

— Ça ressemble à ces rencontres qu'on trouve à la fois dans la Bible et *Les Mille et Une Nuits*. Tu sais, un ange, Jésus ou un génie bienfaisant qui vous accompagne et s'évanouit dans les airs une fois sa mission accomplie.

— Oui, mais le mien m'a laissé une preuve tangible : une casquette.

— Et où est-elle, cette casquette ?

— Euh... disparue dans la foule qui s'est jetée sur moi devant le Salon.

— Tu vois ! « La casquette était magicienne et retourna au royaume des djinns. Après avoir mené William au terme de sa course ! »

— Avant de t'évanouir dans les airs et de retourner au royaume des djinns en me laissant au milieu du désert, explique-moi pourquoi ta mère s'appelait Schéhérazade, pourquoi ton beau-père est curé, et pourquoi David l'Israélien réside-t-il au presbytère ?

— Je te le dirai... mais demain ! 2 heures viennent de sonner et je crois que tu tombes de sommeil. Ce soir, je te dirai simplement que l'Étoile, le Croissant et la Croix ne coexistent ici que parce que tous ces gens s'aiment.

— Il m'avait semblé, dit William que Saladin, Brave et Ahenobarbus raccompagnent jusqu'à la porte sur la rue.

« Il est vraiment sympathique, le best-seller », dit Ahenobarbus à Brave qui remue la queue avec approbation.

Mais ils sont tristes. Ils pensent à Jean et à Schéhérazade Berthézène qui sont morts il y a dix ans et qui auraient été si heureux ce soir.

William s'éloigne d'un bon pas et, tout d'un coup, la fatigue le submerge. La demie de 2 heures tombe du clocher. Depuis combien de temps est-il debout ? Vingt heures ? Vingt-trois heures ? Cent heures ? Il ne sait plus. Il avance comme un robot, étonné d'avoir encore la force de mettre un pied devant l'autre.

Il entre dans l'hôtel et s'appuie lourdement sur le desk, où il pose son pain. Il tend la main, incapable de parler, mais le veilleur de nuit qui remplace l'homme aux clés d'or l'a reconnu et lui tend une feuille à signer.

Un autographe. Pour sa femme, dit-il.

William signe de son nom avec des efforts d'analphabète. Le veilleur de nuit pense qu'il a bu... alors il l'accompagne gentiment jusqu'à la Suite Divina.

— Tout va bien, Monsieur Byrd ?

Monsieur Byrd fait signe que oui à l'homme qui lui tend le pain gravé et referme la porte doucement, une fois sorti.

William est seul. Il pense à Grand-Pa. Il pense à la petite Sophie qui aurait soixante-douze ans si elle vivait encore... que de choses à raconter à Steven ! Mais pas la force... Il est quelle heure, à New York ? Midi ? Non... plus tard, trop tard ? Minuit ? Non... pas la force...

Avant de s'écrouler sur le *king-size* il a une dernière pensée pour son portable disparu.

Il fait sans doute le bonheur de quelqu'un.

Le bonheur, c'est beaucoup dire.

Le portable serré dans sa main gelée, Étiennette tremble de froid.

Étiennette tremble de faim.

Étiennette tremble de peur.

Réfugiée dans un abribus à la façade grande ouverte, elle se demande ce qu'elle fait là. Elle est folle d'être venue ! Une fille raisonnable se serait rendue au Relay avec le portable ! Une fille raisonnable aurait télé-phoné… à qui ? À l'éditeur ! À la mairie de Fondeveau-sur-Burette ! Aux objets trouvés ! À qui vous voulez ! Mais une fille raisonnable n'aurait jamais fait ce qu'elle a fait, elle, Étiennette !

Étiennette, qui a séché à la Sorbonne un cours très important, a pris un train pour Limoges, de là un autre pour Poitiers où elle est montée dans un premier car pour Châteauroux, Châteauroux où on lui a assuré qu'il y avait une ligne qui desservait Fondeveau-sur-Burette, et là, à Châteauroux, elle a vu s'éloigner sous son nez le dernier car de la journée !

Au bureau de la gare routière, une employée com-patissante lui a dit qu'un autre car allait partir à l'ins-tant même pour une destination qui la rapprochait de Fondeveau-sur-Burette. À Saint-Poujol-les-Vignes, elle ne serait plus qu'à 23 kilomètres du Salon, et demain matin, à 8 h 19, un car venu de Saint-Julien-le-Froid pourrait la ramasser et la mener enfin à destination.

Pas le temps de réfléchir, encore moins d'acheter un croissant ou un Coca, le car allait partir et le suivant n'était prévu que demain vers midi... Ah ! non, le suivant ne fonctionnait pas le samedi...

Alors elle est montée dans le car.

Ce car ne s'arrêtait pas vraiment à Saint-Poujol-les-Vignes, « riante bourgade », comme le précisait la brochure que l'employée compatissante lui avait donnée, mais à 3 kilomètres et à 585 mètres d'altitude.

La nuit était tombée très vite. Le portable s'était éteint. Plus de batterie. Plus de réseau. Il était muet. Comme si, dans cette solitude, lui aussi avait peur.

De rares voitures passaient. Étiennette ne cherchait pas à leur signaler sa présence. Et si un *serial-killer* s'arrêtait ? Un bruit sinistre, oiseau de nuit, bête sauvage, lui glaça le sang... y avait-il encore des loups dans cette région ? Elle se fit un rempart avec des paquets de journaux invendus que le car venant de Saint-Julien-le-Froid (tu parles !) prendrait demain à 8 h 19... puis elle se demanda quel mauvais génie l'avait poussée à faire un mémoire de master sur Scott Fitzgerald et Zelda avant de se lancer dans une thèse sur William Jefferson Byrd...

Et s'endormit.

Martine a traversé la place qui sépare l'hôtel de ville de la sous-préfecture comme une fusée.

— Bonne soirée, Madame le Sous-Préfet ? lui avait demandé le gendarme du poste de garde et elle avait répondu :

— Formidable, Langlois !

Elle a fait le numéro de Pierre-Henri qui était de permanence ce soir.

— RAS ? a-t-elle demandé.

— RAS ! a répondu le garçon. Et vous, Madame ?

— RAS ! a-t-elle dit et elle a ajouté : Bonne nuit !

— Bonne nuit, Madame !

Elle est entrée dans sa chambre et, une fois la porte refermée, elle a fondu en larmes, elle a quitté le tricorne, les bottes, la veste aux feuilles d'or et elle est tombée sur son lit secouée de sanglots.

Paul dort paisiblement dans sa chambre sans fenêtre, observé par un petit loir aux yeux ronds.

Aoriste a vidé d'un trait une miniature de vodka de son minibar. Puis une autre... et encore une autre.

Il est tombé sur le *king-size* de la Planète Mars.

Et il pleure, la tête dans l'oreiller.

Les ombres prennent possession de la nuit.

DIVINA

Ça y est. Tout le monde est couché...
Minuit a sonné depuis des heures...
Je n'en peux plus. Quelle journée ! Quelle nuit ! Que d'émotions !
J'avais besoin d'en parler avec Castagnié.
Je savais qu'il m'attendait.
Je savais qu'il n'était pas seul. Geneviève était revenue le voir et ils discouraient ensemble.
— Quel beau succès ! me dirent-ils.
Un vrai succès, ils avaient raison. La preuve, mes sœurs avaient toutes attendu mon retour pour se réjouir avec nous et manifester leur joie à travers l'espace invisible. NEMAUSA, ARELATE, LONDINIUM, LUGDUNUM, LUTECIA... toutes ! Même MASSILIA, qui est parfois, étant la doyenne des cités fondées en Gaule, un peu supérieure avec nous. Normal : les Phocéens, le comte de Monte-Cristo, le cher Pagnol, la Bonne-Mère, la sardine du Vieux-Port... rien d'étonnant que tout ça lui monte à la tête.
Mais je l'aime beaucoup, MASSILIA. Elle est si touchante, si désemparée les soirs où l'OM n'a pas gagné.

Cette nuit-là, elle m'a dit :

— Tu as vu, DIVINA, dans quel état ils étaient quand ils ont découvert les Thermes ! Et quand le service d'ordre a enlevé les barrières sur la place ! Peuchère ! J'ai cru voir les soldes sur la Canebière !

— Et tous ces livres !..., a dit LUGDUNUM. Qu'est-ce qu'ils ont l'air sérieux, vos auteurs !

Enfin, sérieux... côté travail, d'accord ! Parce que, côté gaudriole, j'en ai vu quelques-uns à qui je ne confierais pas ma fille si j'en avais une. Le repris de justice, pour ne parler que de lui, est tombé sur un bec, ça lui apprendra. Du coup, il passe la nuit à l'hôpital et ce n'est pas Claire qui risque de succomber à ses charmes. Elle lui a flanqué un calmant capable de faire dormir un éléphant en rut ! Je ne l'aime pas, ce garçon, et je n'aime pas les façons qu'il a avec la vieille dame si jolie qui a failli être la petite-nièce de ce pauvre lieutenant Gamblin de La Prade mort au champ d'honneur. Les comiques des bandes dessinées, c'est autre chose, ils me font rire. Ils sont gentils, drôles... Il est normal, à leur âge, de vouloir s'amuser et profiter de la vie. Même s'ils serrent d'un peu trop près les jolies filles...

Mes sœurs avaient toutes remarqué l'erreur des eaux minérales qui avaient bien failli purger tous les invités ! Elles savaient qui avait choisi les bouteilles... la fille qui, aux Thermes, a pris Madame Chirac pour une bergère. Quelle sotte !

— La pauvre ! dit ARELATE.

La pauvre, façon de parler. Pécuchon n'a qu'elle comme héritière et il l'adore, sa nièce. Ce qui n'empêche pas la chaîne d'avoir l'œil, un membre du Conseil d'administration sera ici à la première heure demain matin pour veiller au grain. Parce que demain, aux

Thermes, c'est la journée des journalistes, alors : gare aux gaffes ! Le business, c'est sacré !

— Il faut que tu saches ce qu'on vient de faire, me dirent mes sœurs.

Elles étaient joyeuses comme des gamines farceuses... que venaient-elles donc de faire ?

Elles étaient passées par les Thermes et y avaient trouvé un vieux monsieur, charmant, endormi sur un lit de repos...

— Alors on a fait les fées, comme dans *La Belle au bois dormant* !

— Mais sans Carabosse !

— Il ne sera plus sourd !

— Il retrouvera la mémoire !

— La joie de vivre !

— Et pourquoi pas l'Amour !

Geneviève fit un bond hors de l'eau. Heureuse. Puis il y eut le silence de la nuit.

Nous étions bien, sous les étoiles...

Une petite sœur d'Alsace, venue du Mur d'Auguste, se joignit à nous, intimidée. Puis elle nous apprit que, quelques semaines plus tôt, non loin de Saint-Louis et de Huningue, on avait découvert, en creusant les fondations d'un Géant-Casino, les murs d'une villa romaine et, dans la cuisine, encore dans le four, un pain gravé de ces lettres : M A R C U S. Un pain plus vieux que Jésus-Christ !

— Alors, poursuivit la petite, vous imaginez mon émotion quand Calpurnia a offert le pain gravé pendant le dîner romain !

Puis toutes les chères ombres s'en allèrent rejoindre leurs pénates et leurs devoirs. En s'envolant elles me dirent :

— Un jour, tu nous raconteras Calamity Jane d'Arc, Grand-Pa, Werther et la petite fille blonde.

Je promis et je me retrouvai seule avec mon arbre, ma truite, mes pensées.

— Tout est accompli, me dit Castagnié.

Presque.

Je savais ce qui allait encore arriver, mais je n'aime pas prédire. On risque parfois de décevoir.

Je préfère me taire.

Un bruit d'ailes froissa le silence de la nuit, se rapprocha... et le griffon fauve se posa sur la plus haute branche du châtaignier.

— C'est Félix, dit-il, c'est ton père qui m'envoie, je vole depuis que les enfants Berthézène ont présenté les pélardons au dîner romain ! Ça nous a tous beaucoup touchés dans la montagne.

Puis il glissa sa tête sous son aile car il était fatigué par le voyage, et s'endormit.

Nous sommes restés éveillés tous les trois à ressasser nos idées. Geneviève parla la première :

— Je pense au jeune Werther, dit-elle.

Et nous aussi, nous pensions à lui.

Au bout d'un long silence, Castagnié nous fit un aveu :

— Vous savez..., dit-il, une dame m'a embrassé.

— Jolie ? demanda Geneviève.

— Très. Jolie et noire.

— « Et ne m'en veuillez pas de ce que je suis noire, dit la truite, c'est que le soleil m'a regardée[1]... »

— Elle m'a embrassé, répéta le châtaignier, mais elle en aime un autre.

---

1. Le Cantique des Cantiques, verset 6.

Puis ils se turent et j'eus envie de rendre grâce.

Oui, j'avais connu des moments tragiques, des moments durs, j'avais été ignorée, méconnue, méprisée parfois, mes Thermes avaient sombré dans un chaos de rochers et j'avais souffert de l'oubli des humains, mais j'étais fière de mes enfants. Une foule immense emplissait ma mémoire...

Mes druides, mes belles esclaves, mes centurions, mes martyrs, mes moines, mes Compagnons des Devoirs Unis, mes rois indifférents, mon petit peuple de bûcherons, de laboureurs et de bergères, mes héros, mes poètes...

Ma place au cœur de la France m'avait faite d'oc et d'oïl, les troubadours et les trouvères s'étaient retrouvés sur les rives de ma modeste rivière, et là, j'avais lu la première traduction du Coran, découvert l'Amour courtois, dévoré *Le Collier de la Colombe*[1], suivi Sinbad le marin dans ses voyages au fil des *Mille et Une Nuits*. Ni le latin, ni le grec, ni l'hébreu et ni l'arabe littéraire n'ont eu de secrets pour moi. Bien sûr, je n'ai jamais vu la mer. Je ne la verrai jamais. Mais parfois le vent m'apporte des bouffées salées, libres... ou bien un voyageur arrive, chargé de l'air du large. Parfois le ciel transporte des senteurs d'ailleurs et la Burette reçoit des pluies venues de très loin, révélatrices de pays que nous ne connaîtrons jamais. Et tout cet exotisme, c'est nous, tout cet autrement, c'est nous. Notre unité est le fruit de ces différences, de ces surprises.

Quelques années après la dernière guerre, j'ai vu arriver un Japonais.

Semper querens...

---

1. Abu Muhammad Ali ibn Hazm ar-Zahiri al-Andalussi (994-1064). Poète-historien, philosophe et théologien arabe de souche andalouse.

La grotte n'avait pas encore été découverte par Saladin, mais ce Japonais, mon premier Jaune, était sûr qu'elle existait.

Il parlait latin comme César et j'aimais l'entendre.

Felix qui potuit rerum cognoscere causas[1].

Il est retourné dans son pays où il est mort entouré d'honneurs...

Je n'oublierai jamais Kojiro.

Bientôt le jour va se lever.
Miracle de la vie qui continue.
Don du Ciel.
Silence.

---

1. Heureux celui qui peut comprendre la signification des choses.

DEUXIÈME JOURNÉE

Sur les hauteurs, derrière les ruines du mur gaulois, le jour se lève, radieux...

Les oiseaux se réveillent, les truites gobent l'air frais du matin, et les plus courageux des auteurs ouvrent un œil, étonnés de se trouver dans une chambre inconnue...

Les abeilles commencent à sortir des ruches pour partir au travail...

Déjà les cuisines du « Palace in the World » sentent bon le café, la crème et le pain chaud...

La journée sera belle ! Les jingles crépitent sur les stations de radio et l'info s'envole dans toutes les langues : « Bonjour ! *Good morning ! Gute morgen ! Buongiorno !* Vous écoutez France-Bleue et, ce matin, vous écoutez France-Bleue Cœur de la France, nous sommes sur les bords d'une jolie rivière tout près de la tente où se tient le premier Salon du Livre de Fondeveau-sur-Burette, une adorable petite ville pleine de secrets... »

Et les secrets s'envolent dans toutes les langues, et l'histoire du Grand-Pa de William, de la petite Sophie, du jeune Werther, de Calamity Jane et des enfants cachés traverse l'espace, portée par les ondes...

Bijou se réveille, fait un pied de nez au miroir qui lui renvoie son image depuis le plafond, et éclate de rire.

William a déjà fait le tour du parc des Thermes en short et en courant. Belle santé ! Il finit de se raser quand Steven l'appelle sur le téléphone de la chambre. Steven vient d'entendre Radio France International. Bouleversant ! Quelle aventure ! Oui, il est plus de 2 heures du matin à New York, dit-il, mais il voulait savoir comment s'était passée la première journée et lui dire qu'on avait vendu *The Last Thanksgiving* à la Kurlande.

— Il ne nous reste plus que quelques peuplades et quelques tribus pour couvrir toute la surface du globe ! Toujours pas de portable ?

— Hélas, non ! répond William qui ne sait pas que, devant un abribus proche de Saint-Poujol-les-Vignes, une jeune fille épuisée et gelée guette l'arrivée d'un car qui va la mener à lui.

Le petit déjeuner est un révélateur de caractères.

Tout le monde ne se contente pas d'une tasse de café et d'une pomme après avoir couru trois kilomètres comme William. Certains, ou plutôt certaines, préfèrent se faire porter un plateau dans leur chambre tout en peaufinant leur image et en écoutant les nouvelles. D'autres choisissent la profusion et la convivialité des buffets.

En ce samedi matin, on se reconnaît les uns les autres puisqu'on se connaît déjà.

Marie Diakité est descendue de bonne heure, espérant que Rodolphe allait la rejoindre... Mais qu'est-ce qui lui arrive ? Elle n'a jamais été comme ça... qu'est-ce qui lui prouve qu'il est dans les mêmes dispositions qu'elle. Un baiser ? Elle regarde vers le Pronaos... va-t-il arriver ? Peut-être pas... Et tout à coup, il est là ! Il vient vers elle, il lui sourit... quel beau jour !

Sortant de la brume dorée de la grande porte des Thermes, arrive Anselme Le Pouilleux. Anselme frais comme un gardon. Rasé, coiffé, parfumé. Joyeux et calme.

— Je me suis endormi dans le spa et de charmantes personnes se sont occupées de moi, comme des fées ! dit-il en s'asseyant auprès d'Anne-Charlotte.

— Vous avez l'air en pleine forme, lui crie-t-elle dans l'oreille.

Il rit et lui prend la main, charmeur.

— Plus doucement, très chère amie, je ne suis pas sourd !

Et c'est vrai, puisqu'il entend la déplaisante Sarah demander à un garçon, à l'autre bout de la salle à manger, si elle peut avoir du chocolat, mais de régime, et avec du lait, mais totalement écrémé, et des sucrettes, mais pas en poudre, surtout pas en poudre, la poudre est infecte !... Ah ! et puis elle voudrait aussi...

— Et puis quoi encore ? s'indigne-t-il. On ne devrait inviter dans ces Salons que des personnes bien élevées !

Et avec beaucoup de distinction il ajoute :

— Quelle emmerdeuse !

Anne-Charlotte le regarde avec stupeur. Pour être sûre qu'elle ne rêve pas, elle chuchote :

— Pouvez-vous me passer la confiture de myrtilles ?

Et comme il lui tend aussitôt le petit pot, elle décide de croire aux miracles.

— Où est la princesse ? demande-t-il. Quelle femme charmante !

La princesse n'est pas encore descendue car elle nage dans le lait d'ânesse qui, lui, n'est absolument pas écrémé, ce qui convient tout particulièrement aux peaux matures.

Les journalistes sont tous en peignoir rose. Aujourd'hui ils sont invités par l'hôtel à faire la découverte du spa. Quelques auteurs, amateurs de bulles et de papouilles, les rejoindront à l'heure du déjeuner.

Le directeur adjoint, venu de Paris pour l'événement, un très bel homme lui aussi en peignoir, va guider et informer les journalistes toute la journée. Comme toujours quand elle a fait une grosse bêtise, Pécuchon fait un cadeau à sa nièce. À la satisfaction générale du staff, Amélie s'apprête à partir pour un atoll du Pacifique qu'il vient d'acheter et envisage d'exploiter ultérieurement.

— Si ces dames et ces messieurs veulent bien me suivre, dit le directeur adjoint à la troupe en tissu éponge.

Paris Match s'arrête devant Marie.

— Pourrais-je espérer une interview, jolie dame ?

Elle sourit, gracieuse :

— Bien sûr !

Le journaliste remercie mais, avant de rejoindre ses compagnons, il se tourne vers Rodolphe et lui dit :

— Vous avez beaucoup de talent, Monsieur, quand allez-vous nous donner un vrai livre de vous ? Au lieu de nous raconter la vie de gens qui ne vous valent pas, laissez-nous entendre votre propre voix ! Je viens ! Je viens ! crie-t-il, et il part en courant rejoindre les autres.

— Il a raison, dit Marie. J'ai lu cette nuit votre livre sur cet imbécile de Licinio. Heureusement que c'est vous qui racontez !

— Vous avez lu, cette nuit ?

— Je ne pouvais pas dormir.

— Vous non plus ?

— Thé ou café ? demande une charmante jeune fille, chargée d'un lourd plateau.

— Thé ! disent-ils ensemble, et ils se regardent comme si ce goût partagé était la preuve qu'ils sont faits l'un pour l'autre.

La jeune fille les sert.

— Du lait, du citron, du sucre ?

— Nature ! disent-ils, toujours ensemble.

Ils sont bien. Marie boit une gorgée.

— Vous savez, Rodolphe, si vous ne voulez pas dormir ici ce soir, je suis tout à fait d'accord pour aller dormir au Gîte Romain.

Le fou rire les prend. Ils vont vraiment de mieux en mieux.

Martine a pleuré toute la nuit.

Elle s'est endormie au matin.

Aoriste, assommé par la vodka, s'est réveillé à 4 heures. Il lui a écrit trois lettres. Qu'il a déchirées. Il regarde le citrate de bétaïne fondre dans un verre à dents. Il FAUT qu'il soit présentable tout à l'heure. Martine. Elle est encore plus belle qu'il y a dix ans... Mais pourquoi l'a-t-il quittée ?

Fanchon enchaîne pliés et arabesques sous les yeux sévères de Mademoiselle Tamisier. Le Salon ouvrira à 10 heures et Fanchon veut être la première à tendre *Souviens-toi de demain* à son idole.

— Et un, et deux, et trois ! dit Mademoiselle Tamisier. C'est bien, mon petit ! Vous n'êtes pas douée que
pour le latin !

Dans le car qui roule vers Fondeveau-sur-Burette, le
chauffeur a allumé la radio.

— Plus fort ! demandent les passagers, et Étiennette
entend avec eux la Saga de Grand-Pa, le Grand-Pa de
son William !

Elle pleure et, gênée de se donner ainsi en spectacle
en public, elle tourne la tête vers sa voisine de siège
qui dormait tout à l'heure… La voisine ne dort plus, la
voisine pleure. Voyant des larmes couler sur le visage
d'Étiennette, la voisine lui confie :

— Je l'adore ! Surtout dans *Why* ? Et aussi dans *Wait
and See* ! Et *Awful* ! *Awful*, c'est géant !

— Géant ! confirme Étiennette qui lui tend une poi-
gnée de Kleenex.

— Et en plus, sanglote la voisine, il paraît qu'il est
beau !

— Il paraît ! sanglote Étiennette qui serre le portable
muet au creux de sa main, comme un talisman pour
la suite du voyage.

Au plus haut point des montagnettes qui dominent
la vallée se trouve un ermitage.

Le Skite saint Mitrophane

C'est là que vit et prie le père Séraphim, un très
vieux moine orthodoxe sur lequel veille, comme un
fils sur son père, le moine Spyridon.

Ils vivent seuls. Avec un chien dévoué. Tutsi. Un chien aux yeux bavards. Ils cultivent un petit potager. Chantent les louanges de Dieu, boivent l'eau de leur source, ouvrent leur porte aux voyageurs égarés, et écrivent des icônes. Car on ne peint pas, on écrit des icônes. Qui ne sont pas des portraits mais des prières.

Ce matin ils se sont levés tôt et, après la liturgie, ils sont partis, les pieds dans la rosée, suivis du chien, pour porter au Salon, enveloppée de linges blancs, la dernière icône sortie de leurs mains.

Depuis des années, ils caressent un rêve. Pouvoir partir pour le monastère de Diveevo en Russie, afin de s'incliner devant les reliques de celui dont le vieux moine porte le nom, saint Seraphim de Sarov, dont la mémoire est associée à un ours, « frère l'ours », comme « frère loup » est associé à la mémoire de saint François d'Assise. Mais elle est bien loin, la Sainte Russie !

Alors, comme ils n'ont pas d'autres ressources que celles qui proviennent de la vente des icônes, Saladin leur a proposé de tenter leur chance au Salon.

Ils vont d'un bon pas, saluent au passage les chevaux qui paissent en liberté non loin des lieux où le maquis se cacha pendant l'Occupation, dépassent la ferme de Calamity Jane d'Arc, se signent devant les ruines noircies, tout ce qui subsiste des lieux où riait la petite Sophie...

Ils sont troublés par l'agitation que, malgré la distance, on devine en ville, la foule qui se presse, désorientés par les barrières de métal, le service d'ordre, mais ils se réjouissent pour la Fontaine Divine et la résurrection de la Source.

Ils ne se sont pas dirigés vers la grande tente blanche, ils sont entrés directement dans le Pronaos du palace où Gaston Claparède leur avait donné rendez-vous.

Il était là, Gaston Claparède, veillant sur les derniers clients du petit déjeuner, et il les accueillit chaleureusement. Les moines ont défait les linges blancs et dévoilé l'icône sous ses yeux.

— Magnifique ! dit l'adjoint à la Culture en se penchant vers la Mère et l'Enfant. Ces yeux mauves !

— Oui, dit le moine, la Ѣожия Матерь est venue à moi avec ces yeux.

Et, levant la tête, ces yeux mauves, le père Séraphim les voit devant lui.

Bien sûr la créature étrange, dont le regard va de l'icône à lui, n'a rien à voir avec la mère de Dieu, mais, au-delà du déguisement, du maquillage surprenant, quelque chose fait que le vieux moine la sent très proche de son cœur. Il sourit à Bijou. Qui lui sourit. Lumineuse, soudain.

— Et pour l'estimation de l'icône ? demande Gaston Claparède.

— À la grâce de Dieu ! répond le vieillard.

— Bien sûr nous vous gardons pour le déjeuner, mon père ?

— Avec regret, non, nous allons faire quelques courses de première nécessité, des allumettes, des bougies, puis nous regagnerons le Skite au plus tôt. Merci pour tout !

Un dernier regard vers les yeux mauves de bois, vers les yeux mauves de chair, un dernier salut et les deux moines s'en vont. Avec Tutsi, le chien aux yeux bavards.

Bijou les voit s'éloigner, légers comme des feuilles dans le vent, longues silhouettes noires, longs cheveux, longues barbes.

— De quoi vivent-ils ? demande-t-elle à Gaston Claparède.

— Oh ! de miel sauvage et de sauterelles, comme Jean le Baptiste, je suppose. Pourvu que l'icône rencontre un amateur !

Hier c'était du délire, aujourd'hui c'est pire !

Heureusement il y a les barrières métalliques qui retiennent la foule avant l'ouverture des portes. On demande à tous les auteurs de s'installer et, après, c'est de nouveau ce que MASSILIA appelle la ruée des Soldes sur la Canebière !

Très vite on s'aperçoit que tout le monde a entendu la radio, regardé la télé, que derrière la joie il y a de l'émotion. On se souvient. Des gens arrivent avec des cabas pleins des œuvres complètes de leurs auteurs préférés, mais ils en sortent aussi des cadeaux.

Émouvants. Un coussin brodé, du vin d'orange, de la confiture de nèfles du jardin, un pâté fait cette nuit, de la liqueur de sureau. Des chaussettes...

Aoriste, absent la veille, est pris d'assaut comme un voyageur de l'espace par les petits hommes verts.

Surtout des femmes, les petits hommes verts...

Fanchon calcule qu'elle en a pour une bonne demi-heure avant d'arriver à lui.

Deux demoiselles d'un certain âge achètent *Les Hésitations de Grégoire de Tours* à Marie et lui demandent de leur dédicacer les trois volumes précédents qu'elles ont apportés avec elles.

Un petit air de famille, gentillesse, distinction, bon genre, tout ça fait que Marie leur demande :

— Vous êtes sœurs ?

— Oui ! dit l'une.

— Non ! dit l'autre.

Et elles éclatent de rire.

— Nous sommes Sœurs ! Mais nous ne sommes pas sœurs !...

— Vous êtes... bonnes Sœurs ?

Elles rient encore, joyeuses.

— Nous essayons de l'être ! Et peut-être qu'avec l'aide de Dieu...

Marie les trouve charmantes et le leur dit.

— C'est pour Lui plaire ! répond la plus jeune en désignant le Ciel.

Puis elles rient et s'en vont, toujours joyeuses, acheter *Jésus, mon pote* à Frère Modeste.

Un homme et une femme tendent en même temps la main vers un exemplaire de *Mes rencontres avec Bernadette*.

— C'est le dernier, dit l'abbé, gêné de devoir se transformer en arbitre.

Les deux inconnus se regardent et disent qu'ils sont désolés.

— C'était pour ma mère, dit l'homme.

— Alors, si c'est pour votre mère, je comprends..., dit la femme avec générosité.

Mais elle reste. Elle semble triste.

— Quel est le nom de Madame votre mère ? demande l'abbé à l'homme qui, soudain, semble triste lui aussi.

— Bernadette, répond-il.

La femme pousse un cri :

— Mais c'est mon nom !

L'abbé reste le stylo en l'air, il les regarde tous deux, il sourit.

— Nous vivons un vrai jugement de Salomon !

Et il écrit : « Pour Bernadette, un prénom qui m'est cher ! »

Il signe élégamment :

Abbé Dupuytrein de la Salle

et tend le livre que l'homme saisit en disant galamment à... Bernadette, étonnée et charmée :

— Permettez-moi de vous l'offrir !

Bernadette est confuse :

— Merci, Monsieur ! Je ne sais comment vous remercier !

— En acceptant de venir boire une tisane ou quelque chose de plus fort avec moi à la Buvette des Gais-Lurons..., Bernadette !

L'abbé les regarde s'éloigner ensemble et pense que la petite bergère de Lourdes n'a pas fini de nous étonner.

Il y a des mômes qui s'ennuient, qui n'en peuvent plus, qui pleurent, tirent la langue, hurlent et froissent les livres.

Il y a des gens qui posent leurs affaires sur le stand voisin de l'auteur à qui ils achètent un livre, bloquant ainsi l'accès à des lecteurs éventuels.

Il y a des petits chiens qui piaillent, il y a des gros chiens qui prennent leur mal en patience et gardent le sourire.

Il y a des maris furieux d'avoir des femmes folles de lecture.

Il y a un homme qui s'installe devant Turcla de Monclair, pour lui parler du duc de Morny que son arrière-grand-père a bien connu, un homme dont le nez coule, coule..., ce qui fascine Turcla de Monclair jusqu'au moment où l'homme prend un livre en main pour l'acheter...

Plaf ! Une grosse goutte s'écrase sur la couverture, en plein sur la moustache du frère utérin de Napoléon III. L'homme regarde le livre avec dégoût, le repose délicatement et, finalement, en prend un autre sur la pile en disant :

— Je préfère celui-là, il est plus net !

Pendant ce temps, on s'était installés dans l'Espace Rencontres pour écouter la conférence tant attendue de Josian Cambescot sur *Le Sexe d'un ange.*

Prétendre que la vérité sur le sexe du Saint ou de la Sainte fut une des préoccupations prioritaires des Français serait excessif. Il n'en fut pas de même à Fondeveau-sur-Burette, et les propos tenus par un pâle successeur de Voltaire dont l'histoire n'a heureusement pas retenu le nom, propos traitant le Saint ou la Sainte de Chevalier d'Éon du martyrologe, blessèrent profondément les Burifontains[1].

Et voilà que, tout d'un coup, la vérité éclate.

Eulogius ? Eulogia ?

Saint ? Sainte ?

— *That is the question* ?, plaisante Gaston Mercoiret qui a présenté le conférencier.

— Eh bien, les deux ! déclare Josian Cambescot, les saints étaient jumeaux ! Frère et sœur ! Eulogius fut transpercé de flèches, Eulogia dévorée par un lion.

Il y a des gens qui pleurent dans l'Espace Rencontres.

---

1. Habitants de Fondeveau-sur-Burette.

Il y en a surtout qui applaudissent. La prestation de Josian a été brillante.

Velléda, qui a laissé sa gorgone sur le stand, sous la pancarte *Je suis belle et alors ?*, est bouleversée par le succès du Josian de son Farfar !

Anselme Le Pouilleux a pris des notes et pose une question :

— Après ce beau succès, quels sont vos projets, Monsieur Cambescot ?

— Eh bien, je vais finir la biographie de Bède le Vénérable[1] qui écrivit une *Histoire ecclésiastique* tout à fait remarquable. Ensuite je publierai la correspondance échangée entre Lars Nielsen et moi-même... Lars Nielsen, dont je salue la petite-fille, Velléda, ici présente.

Elle se lève, et, debout, c'est peu de dire qu'elle domine la situation.

Elle va vers lui et noue autour du cou du vieux monsieur son propre foulard de soie bleue, bleu céleste comme disent les Italiens. Puis elle l'embrasse et tout le monde applaudit.

Anselme Le Pouilleux se tourne vers Anne-Charlotte.

— Il faut que nous le fassions entrer à l'Institut, dit-il. Je vais m'y employer.

Alors, Anne-Charlotte, qui ne perd jamais le nord, se dirige vers Josian, toute souriante :

— Monsieur Cambescot ! Bravo ! Il me semble que vous n'avez pas d'attachée de presse ? Non ? Eh bien, maintenant vous en avez une, Josian ! Je peux vous appeler Josian ? Merci ! C'est un prénom si rare, si joli, qui vous va si bien !

---

1. Bède le Vénérable, fameux abbé de Wearmouth (673-735).

Il n'en revient pas, le timide, le pauvre, l'oublié. Avec son beau foulard du bleu de ses yeux, il est tendance, dans le coup, smart, à l'heure, fashionable... un vrai dandy !

Accompagné de Velléda et d'Anne-Charlotte qui l'embrassent tous les trois mètres, il retourne à son stand où, déjà, on l'attend, tandis que Le Pouilleux, d'un pas alerte, regagne sa place.

Bien sûr, l'éminent historien n'est pas pris d'assaut comme un Byrd ou un Aoriste, mais il y a quand même quelques personnes qui l'accueillent chaleureusement. Les excréments archéologiques ont leurs amateurs, et si les ouvrages de Le Pouilleux n'atteignent pas des chiffres astronomiques, il est toujours fidèlement suivi par un lectorat éclairé.

Dans la queue interminable qui avance doucement vers le roi de la science-fiction, la petite Fanchon calcule qu'elle en a encore pour un bon quart d'heure, au moins, avant de se trouver devant son idole.

Elle tient à la main l'exemplaire de *Souviens-toi de demain* dont elle sait déjà des passages par cœur, et elle en achètera un autre. Pour sa maman. Il faut enfin qu'elle sache, sa jolie maman, à quel point c'est beau ce qu'écrit Aoriste.

Étiennette est tombée du car plus qu'elle n'en est descendue. Elle a marché d'un pas mécanique vers le Salon, serrant son talisman muet contre elle.

Et elle a fait la queue dans une sorte d'hypnose.

Elle allait le voir. C'était long. Épuisant. Elle avait faim, la tête lui tournait. Elle était bousculée, on lui marchait sur les pieds, on passait devant elle, on la refoulait. Elle frissonnait, aussi incapable de se battre que de renoncer.

Enfin elle arrive devant lui. Elle le regarde. Elle a honte de se présenter après cette nuit d'épouvante dans l'abribus, elle a honte de ses cheveux hirsutes, de ses mains sales, de son visage chiffonné... elle peut à peine parler, elle dit :

— Monsieur Byrd...

Et c'est lui, maintenant, qui la regarde et qui reçoit en plein cœur la flèche décochée par Cupidon pour parler comme Denise Leblond dans un de ses derniers chefs-d'œuvre.

Bang !

Il n'a jamais rien vu de plus beau, de plus charmant, de plus exquis que cette petite si pâle, si sale, si mal coiffée, si fragile, qui lui tend SON portable et lui dit dans un souffle :

— Je l'ai ramassé par terre sur le quai, gare d'Austerlitz... il parlait encore ! Alors je suis partie pour vous le rendre. Je m'appelle...

Et là, un tsunami humain déferle sur le stand sous la poussée d'une équipe de télévision qui anéantit tout sur son passage. William, éjecté de son siège, se retrouve sous son stand, à quatre pattes, face à Calpurnia qui délire en latin entre deux éclats de rire. Il parvient à se relever, il veut revoir la petite... mais la petite a disparu dans la foule : le service d'ordre, plein de bonne volonté, aggrave la situation, des femmes s'évanouissent, des enfants hurlent, des chiens aboient, la Sono s'en mêle...

William est désespéré. La petite a disparu.

Mais le portable est toujours là, devant lui.

« Encore sept personnes et c'est à moi ! », pense Fanchon, et elle prépare un joli discours pour qu'Aoriste sache qu'elle a lu *Retour du Sub-Espace*, *La Mutante amoureuse*, *En peignant la chevelure de Bérénice*...

« Chouette ! Plus que six personnes et c'est à moi ! »...

De loin, Aoriste a repéré la petite fille. Il est dévoré par les ados mais rarement lu par des enfants. Elle a de jolis cheveux blonds, la gamine ! Il lui demandera pourquoi elle est là. Si elle a déjà lu un livre de lui ? Elle semble mignonne...

Le tsunami a eu raison des dernières forces d'Étiennette. Elle ne sait pas comment elle a pu marcher jusqu'à la sortie. Là, elle s'est assise par terre et, la tête dans ses mains, elle pleure si fort que des personnes sensibles jettent des sous sur ses genoux.

C'est dans cet état que la découvre Félicité venue faire un tour au Salon.

Elle ramasse les quelques pièces qui sont tombées par terre et les tend à la pauvre petite.

— Ça va pas ?

Égarée, ivre de fatigue et de chagrin, Étiennette fait signe que, non, ça ne va pas, pas du tout.

Félicité n'a eu que des gars. Elle aurait bien aimé avoir une fille... elle va s'occuper de la malheureuse qui en a grand besoin. C'est une petite qui a des problèmes, c'est sûr !

— Tiens, prends tes sous !

Étiennette reçoit 7 euros et 58 centimes au creux de sa main, elle suit la gentille dame qui la guide jusqu'à une 2 CV qui a connu des jours meilleurs. La gentille dame dit qu'elle va lui donner un lit, il faut qu'elle dorme, puis elle pourra se laver, manger, raconter ce qu'elle a sur le cœur...

Étiennette n'entend rien.

Étiennette dort.

Ça y est ! Fanchon est devant lui.

Elle sourit, elle dit :

— J'ai lu *Retour du*..., puis elle reste sans voix en découvrant la tache qu'Aoriste a sous l'œil gauche...

Comme elle. Cinq points minuscules.

« Une petite ourse qui aurait perdu le bout de sa queue ! », a dit Maman.

Aoriste, lui aussi, a vu la petite ourse. Lui aussi reste sans voix. Lui aussi comprend. Et il n'est pas étonné quand la petite lui dit :

— Papa !

Le déjeuner gaulois

Le déjeuner gaulois à l'auberge de Saint-Fulgence-des-Vieux s'annonce comme un vrai succès.

Le lieu est charmant. Il fait beau. On va même pouvoir s'installer dehors, sous les tonnelles, et la table est justement réputée dans toute la région. Des gourmets viennent parfois de Brive, de Limoges, et même de Clermont-Ferrand. La femme du patron est de Châteauneuf-du-Pape, alors le Château des Oliviers[1] coule à flots dans les verres. Mais on a déposé, brillantes de buée et de fraîcheur, sur toutes les tables, les carafes d'eau venues de la source.

La source de la Burette, toute proche. Elle sourd parmi les mousses et les herbes folles au-delà du Rond des Sorcières, juste au-dessus des ruines blondes et fatiguées de l'oppidum gaulois, non loin de l'endroit où les Claparède ont planté leurs ruches il y a un peu plus d'un siècle.

Tout le monde a l'air de bonne humeur en descendant des cars. Tout le monde plaint ce pauvre Laffenage qui a fait une mauvaise chute pendant la nuit

---

1. Estelle Laborie et ses enfants. Propriétaires récoltants.

et qui, bandeau sur l'œil droit et main gauche bandée, boite bas en s'appuyant sur le bras de Madame de Peyrebelle. Les femmes se battent pour aller remplir son assiette aux quatre barbecues qui sentent la viande grillée et la potion magique. Madame de Peyrebelle coupe la viande du pauvre garçon en menus morceaux tandis que le commissaire Chaussenard veille à ce que son verre soit toujours plein de Château des Oliviers.

Personne ne semble regretter l'absence de Ghislaine Rochevilaine. Sauf le petit couple qui l'a secourue au moment de son malaise. Olivier et Jacques ont tenu à aller au CHU prendre de ses nouvelles avant le déjeuner, et les voilà qui débarquent au début du repas sur les porte-bagages des enfants Berthézène. Personne ne leur demande :

« Comment va-t-elle ? »

Et ça leur fait mal.

César et Calpurnia les guident jusqu'à la table où tout le monde est aux petits soins pour Laffenage. On fait place aux deux garçons et Olivier annonce gravement :

— Ghislaine Rochevilaine va très mal.

— Qui ça ? demande le commissaire avec indifférence.

— Pauvre femme ! s'exclame Madame de Peyrebelle qui a du cœur, elle.

Et la voilà qui insiste pour savoir de quoi souffre la malheureuse. Mais, sans attendre la réponse à la question posée, le commissaire s'extasie sur les bagues de la vieille dame, ainsi que Guillemette Lagarde.

— Magnifiques ! Elles sont magnifiques !

— Oh ! merci ! Si vous saviez la vérité sur mes bagues !...

« Ça y est ! Elle va encore nous sortir l'histoire de sa tante et du gars tombé au champ d'honneur », pense Laffenage, agacé.

Eh bien, non. Il se trompe.

La vieille dame raconte une tout autre histoire.

— Mon cher époux, Amaury de Peyrebelle, chevalier du Saint-Sépulcre, était la délicatesse même ! Il ne savait que faire pour me rendre la vie douce et agréable. Pour me protéger de tout ! Peu de temps avant sa mort, il fit faire copie de tous mes bijoux par un orfèvre, un véritable artiste, me défendant de porter les originaux ailleurs qu'à la maison, où je les sortais rarement du coffre.

— Ce sont des copies ?

Le commissaire n'en revient pas.

— Oui, commissaire ! Des merveilles, n'est-ce pas ? Qui ne valent rien ! Quand je me suis trouvée veuve, je fis don des véritables joyaux aux Restaurants du Cœur, afin de nourrir des malheureux... les diamants, les saphirs se transformèrent en milliers de repas...

— Bravo, Madame !

Guillemette en a les larmes aux yeux et ajoute :

— Il y a tant de gens qui souffrent !

— La pauvre Ghislaine..., commence Olivier.

— ... souffre le martyre, poursuit Jacques.

Et là, Laffenage éclate en sanglots.

Tant de sensibilité émeut les personnes présentes. On lui verse du Châteauneuf, on lui remplit son assiette...

En vain.

Rien ne peut le consoler. Il s'écroule sur la nappe, en larmes, sous les yeux affolés des autres convives. Son désespoir est si profond, si violent, que Guillemette appelle les pompiers, les met au courant, et, tandis que le petit couple et le commissaire accompagnent le pauvre garçon jusqu'à l'auberge où on l'allonge en attendant les secours, elle remercie les soldats du feu d'avoir, une fois de plus, répondu « Présents ! ».

— J'ai tout de suite vu à qui j'avais affaire, dès le quai de la gare ! Une vraie sensibilité ! dit la vieille dame au commissaire lorsqu'il revient s'asseoir.

Et quand elle ajoute :

— Je devrais peut-être l'accompagner à l'hôpital ? elle est étonnée de voir Chaussenard se lever pour retourner vers les barbecues, comme si rien ne s'était passé.

Ces quatre lits de braise sont la preuve de l'intelligence et de la délicatesse des patrons. Ils ont séparé le porc du bœuf, de l'agneau et de la volaille afin que chacun puisse se régaler selon sa religion, ses habitudes et ses goûts.

La princesse a fait honneur aux quatre barbecues. Il faut dire qu'à la cour de sa royale sœur on a toujours eu l'esprit large et l'appétit œcuménique.

Les chips violettes Divina puis les pommes soufflées parme ont un succès fou.

Parmentier se marie bien avec Astérix.

Comme on est bien sous les tonnelles !

Les chapeaux des sœurs Vertue fleurissent autour des tables. Le Miroir de Vénus, le Satyrion mâle, l'Ail des ours, l'Aristoloche clématite, la Véronique germandrée et le Myosotis sylvatica s'épanouissent sur les coiffures... On se croirait chez Agatha Christie ; un meurtre serait le bienvenu dans le décor ! Chaque fleur est différente. C'est exquis ! Bijou, elle, a demandé qu'on change son Onopardon d'Illyrie pour une énorme araignée assortie à ses cils. Les demoiselles Vertue ont fabriqué l'horrible bestiole pendant la nuit. Bijou est adorable sous cette cloche terrifiante... qui pourrait porter ça, à part elle ?

Arrivés un peu tard, Othello et elle n'ont trouvé de place qu'à la table distinguée de Melchior Trinquetaille et Turcla de Monclair.

Le spécialiste d'Érasme et des idiomes du Nord regarde Bijou comme un entomologiste découvrant dans la nature une espèce rare et, peut-être, dangereuse. Et c'est à Othello qu'il s'adresse. Comme s'il doutait des possibilités d'expression de la rappeuse.

— Vous êtes content des résultats ?...

— Des résultats ? Quels résultats ? demande Othello sur ses gardes.

— Je veux dire... ça marche gentiment... votre... petit commerce à tous les deux ?

Bijou reste impassible. Othello rit et dit simplement :

— Bijou est la reine du téléchargement ! Trois fois Disque d'or et, de nouveau, en bas, on manque de livres, comme hier.

— Bien, dit l'ami d'Érasme comme s'il corrigeait une dictée. Très bien !

Et, s'humanisant tout à coup, il se tourne vers Bijou.

— Petite enfant, dit-il, je vais vous apprendre une chose que m'inspire votre coiffure. Il était une fois, il y a bien longtemps, un monsieur qui s'appelait Pellisson...

— Paul Pellisson, 1624-1693, poursuit Bijou qui démarre au quart de tour. Quatre ans de Bastille pour être resté fidèle au surintendant Fouquet. Dans sa cellule il apprivoise une araignée en lui jouant de la musique. C'est pas beau, ça ?

Stupeur de Turcla et de Melchior.

— Ah ! j'oubliais : fauteuil 34 à l'Académie française. D'autres détails, chéri ?

Turcla éclate de rire.

— Je vous adore, Bijou !

Puis elle se reprend :

— J't'adore ! Excuse-moi !

— T'inquiète, ma chatte !

Et elle tend son verre d'eau pour trinquer.

Au désespoir de son directeur littéraire, Chantal s'est installée à la table des bandes dessinées. Elle semble s'amuser follement avec la puce, la chèvre, l'âne et le rat... lui, Rémy Voisin, ne s'amuse pas du tout. Il a dû s'asseoir auprès de ces deux femmes revêches et pas belles qui essaient de le convaincre, l'une comme l'autre, de publier leurs prochaines œuvres. Chaque éclat de rire de Chantal lui perce le cœur.

Velléda et Josian sont à la table des membres de l'Académie Semper Querens. Quel succès, Josian !

Les Mercoiret et les autres écrivains locaux sont bouleversés d'avoir rencontré la petite-fille de Lars Nielsen. Ils ont tous ses livres à la Bibliothèque Sergent-Berthézène. Ils lèvent leurs verres à la santé du Farfar et quand Velléda trinque avec eux en disant :

— C'est ça, l'Europe !

l'impassible Marquet de Santenac, le sévère huguenot, le Calvaire et Lutin des lycéens, se mouche bruyamment pour masquer son émotion et dit :

— Tout à l'heure, nous irons nous recueillir au Champ Funèbre, c'est une jolie promenade, vous apprécierez.

Anne-Charlotte revit. William a encore été assailli par le public ce matin. Un vrai triomphe, la presse se régale avec l'histoire de Grand-Pa et de la ferme brûlée pendant la guerre ! Au fond, c'est une chance qu'il n'ait pas voyagé avec eux, c'est beaucoup plus romantique... Et beaucoup plus payant ! Il a un charme fou, le best-seller ! Il est délicieux avec la princesse, la damette et le vieux membre de l'Institut. Et avec elle ! Elle en oublie même qu'Aoriste a de nouveau disparu sans explication. Il est bizarre, ce garçon... Mais William est là et c'est un vrai bonheur.

Autre vrai bonheur, la résurrection d'Anselme. Qu'est-ce qui lui est arrivé ? La princesse semble fascinée par lui.

— J'ai bien connu le petit Fonsalette..., raconte-t-il.

Et aussitôt il se reprend :

— Pardon, Altesse, je voulais dire le prince François ! Excusez-moi pour cette familiarité déplacée !

Elle sourit, charmée, lui fait signe de continuer.

— Je m'occupais à cette époque des antiquités hittites, je n'avais pas encore rencontré les excréments archéologiques, qui devaient remplir ma vie, et j'étais parti au Proche-Orient sur un nouveau site qu'on m'avait signalé. C'est là que j'ai fait la connaissance du prince, sur le terrain. Par la suite il m'envoya son livre *Mes fouilles*. Admirable ! J'assistai du reste à son mariage avec votre gracieuse souveraine...

Il s'interrompt, réfléchit et, dans un sourire, joignant les mains, il déclare :

— Il serait bon et profitable que Son Altesse visite les Thermes de DIVINA. J'y ai passé la nuit dernière et c'est un lieu magique, un creuset de civilisation, un joyau, un cadeau du Passé !

— Comme vous savez trouver les mots ! dit la princesse.

Et Gudrun, discrète, se lève et va faire un tour du côté des barbecues.

De son côté, William se rapproche d'Anne-Charlotte et tous deux se détournent légèrement de la table pour laisser plus d'intimité à la princesse et à l'archéologue.

Précaution inutile, la princesse et l'archéologue, indifférents à ce qui les entoure, n'ont d'yeux, elle, que pour lui, lui, que pour elle.

— Anselme Le Pouilleux ?..., demande discrètement l'Américain.

— Les Le Pouilleux sont une très vieille famille bordelaise. Immense fortune.

— Le vin ?

— Non, les esclaves. Mais ils ont aussi des vignes. Le « Le Pouilleux Premier Cru » est une splendeur !

— Pourquoi la princesse ne s'est-elle pas mariée ?

— Oh ! c'est une triste histoire. Elle devait épouser Olaf de Karinthie et, le matin même de leur mariage, en pleine cathédrale d'Avignonburg, devant l'Archifolke et la Cour, dans sa robe blanche, couverte des bijoux de la Couronne, la pauvre petite apprend que son fiancé est mort d'indigestion dans la nuit...

Si ce n'était pas si navrant, William éclaterait de rire. Il regarde la princesse et l'archéologue, et ce qu'il voit l'émeut.

— Je crois que j'ai rencontré la femme de ma vie..., dit-il lentement.

L'espace d'un instant Anne-Charlotte a un espoir fou...

— Mais elle a disparu dans la foule et je ne sais même pas son nom.

Anne-Charlotte retombe sur ses pieds professionnels, elle ne rêve jamais en vain.

— Et si vous écriviez l'histoire de cette malheureuse princesse, William ?

— Oh ! non ! Oh ! non ! Ne jamais raconter la triste vérité. Il n'y a que ce qu'on invente qui a l'air vrai !

La pièce montée, un Gergovie de marrons glacés à la chantilly d'Alésia, déclenche les applaudissements.

Marie Diakité, qui débarque seulement avec Rodolphe d'une promenade derrière les ruines gauloises, a brusquement les larmes aux yeux. Elle murmure devant le Gergovie :

— J'adore la France !...

Et Rodolphe a très envie de l'embrasser.

Encore.

Mais il n'ose pas, devant le monde. Il dit seulement :

— J'adore Marie Diakité...

Et lui prend la main.

Ils se regardent. Tout est dit.

La sirène des pompiers fait se lever les têtes.

On leur a demandé de conduire un blessé au CHU.

Jeune recrue au cœur pur, Verchou Roger, se penche vers le malheureux qui pleure toujours sur un canapé de l'auberge.

— Laffenage Ange ? demande-t-il.

— Affirmatif ! peut à peine répondre le blessé qui s'accroche à lui et lui confie : Ils étaient tous faux ! avant d'éclater de nouveau en sanglots.

Ève a déjeuné avec Abd Ar-Rhaman et Frère Modeste. Elle se sent bien entre le musulman qui lui fait une cour frénétique et l'ecclésiastique à dégaine de loubard. Elle se sent si bien qu'elle veut faire une petite caresse à son Fernand chéri et lui offrir une friandise... elle entrouvre son cabas... et pousse un cri.

Le serpent a disparu.

Il n'a pas hésité, Frère Modeste. Il est parti tout de suite à la recherche de Fernand. À pied. Trois kilomètres par le raccourci, lui a dit la patronne. Pas de quoi impressionner un homme qui a fait Compostelle aller et retour avec des chaussures trop petites. Et puis elle est gentille, Ève, elle a du chagrin, la môme, il le lui retrouvera, son Fernand ! Il a dû se sauver au moment où on quittait le Salon pour prendre le car. Il le lui retrouvera.

Les Académiciens avaient entraîné leurs amis jusqu'au Champ Funèbre. Ils avaient traversé le Rond des Sorcières où poussent la Potentille rampante et la Reine-des-prés. Abraham leur avait désigné les tombes oubliées, les cippes brisés sous lesquels reposent des défunts dont le nom n'est plus connu que de Dieu seul.

Mille-feuille des civilisations, le Champ Funèbre abrite païens, chrétiens et autres humains dans une même paix.

Dominant ses compagnons de sa haute silhouette, Velléda semblait être une Blanche-Neige blonde au milieu des sept nains...

— Comment vous appelez... ça ? demanda-t-elle en désignant les abeilles qui bourdonnaient autour d'eux.
— Des abeilles !
— Abeille ! Joli ! Il faut être gentil avec abeille, sinon, tu meurs, dit-elle.

Puis la voix sévère de l'autocar leur fit savoir qu'était venue l'heure de retourner au travail.

Sous les tonnelles, il n'y avait plus personne. Tous avaient obéi à la voix de l'autocar.

Mais Bijou, elle, était partie à la découverte.
— Je viens avec toi ? lui avait demandé son agent.
— Non, toi tu redescends au Salon et tu t'occupes des livres. Moi j'ai envie de marcher.
— Mais tu n'as pas peur, toute seule ?

Elle a éclaté de rire et elle est partie par le sentier orné d'une pancarte :

Belvédère d'Apollon
Vue sur les Thermes Romains

À travers la grille du Belvédère, elle regarde la merveille. La merveille qu'un petit garçon en pleurs découvrit un jour de deuil, dernier cadeau d'une grand-mère formidable et défunte. Au troisième suicide on a posé une grille sur la faille... c'est vrai que le vide a quelque chose d'attirant... de rassurant, d'irrésistible...

Les Thermes romains, tout en bas, sont conformes à ce qu'ils étaient le jour de leur création. Le lac d'eau chaude, la statue d'Apollon, les fresques murales... Les Thermes sont toujours romains mais, maintenant, miracle, ils sont vivants. Les petites silhouettes en peignoir blanc, en tuniques roses et bleues, ne sont pas des fantômes mais des êtres de chair et d'os.

Voler vers eux ?

Bijou sourit et caresse la grille de sa main aux ongles verts... puis elle se fige... un petit caillou vient de rouler jusqu'à elle... un bruit de pas... quelqu'un marche sur le sentier. Elle se retourne et étouffe un cri en découvrant le garçon au spencer rouge à boutons dorés qui servait dans le train.

Il ne porte plus la livrée de Monsieur Charles, il porte un blouson de cuir beige et reste figé sur le sentier, un énorme paquet de carottes dans les bras, gêné comme si on le prenait en flagrant délit :

— Bonjour, Mademoiselle, dit-il timidement, et Bijou éclate de rire.

— T'aimes les carottes, on dirait !

— C'est pas pour moi, je les porte plus haut, à des chevaux...

Bijou regarde dans la direction qu'il désigne, elle a très envie de le suivre, de voir les chevaux, d'en savoir plus sur lui... de toute façon il ne lui reste pas un seul livre, tout est parti ce matin.

— Tu m'emmènes ?

— Avec plaisir !

— Avec plaisir, *Bijou* ! dit-elle.

— Avec plaisir, Bijou ! répète-t-il.

Ils ont fait deux mètres, ravis... puis le portable de Bijou a sonné.

C'était Othello, il fallait qu'elle descende de toute urgence, de nouveaux livres venaient d'être livrés, et – surtout ! – le Fan Club de Brive débarquait en force et menaçait de tout casser si elle ne venait pas. On les entendait crier. C'était terrifiant.

Elle n'hésita pas.

— Passe me voir au Salon, dit-elle en s'éloignant en courant, puis elle s'arrêta, se tourna vers lui : Dis-moi ton nom.

— Paul.

— C'est joli ! À tout à l'heure, Paul !

Oui, Fernand s'était sauvé. Il avait eu si peur de toute cette foule autour d'Ève.

Et maintenant, seul au bord de la rivière, il avait encore plus peur.

Un arbre immense lui parle, un chat savant lui parle... mais Fernand ne peut pas leur répondre.

Fernand est muet. Il ne dialogue qu'avec sa maîtresse, elle le comprend toujours, elle. Alors il reste là, au pied de l'arbre, terrifié.

Fernand a peur... des gens vont venir et vont lui faire du mal...

— Je suis sûr que c'est un auteur, dit le chat après avoir longuement réfléchi. Il faudrait le cacher avant que Jojo ne le voie... mais où ?

— Derrière les cœurs enlacés, au secret de mon écorce, dit l'arbre qui pense avec émotion à la jolie dame noire qui les a caressés.

Il y a près de six siècles qu'un garçon et une fille ont gravé leurs cœurs dans la chair de Castagnié. Ils en sont morts. Lui eut la tête tranchée, elle fut jetée au fond d'une oubliette...

Au nom de Dieu.

Il était catholique. Elle était huguenote.

Ils s'aimaient.

Ils ne sont plus que poussière mais Castagnié sent toujours leurs cœurs battre en lui... Cette histoire, tout le monde la connaît, mais le châtaignier vient de la redire pour de jeunes truites attentives. Et pour le serpent qui, s'il est muet, n'est pas sourd car il vient de ramper le long du tronc et s'est lové dans la cachette.

C'est à ce moment qu'apparaît un homme échevelé et hors d'haleine qui déboule de la route de Saint-Fulgence-des-Vieux.

Il s'arrête au pied du châtaignier pour reprendre son souffle, sort un grand mouchoir à carreaux pour éponger son front en sueur, puis se met à quatre pattes et regarde autour de lui, le nez en avant comme un chien qui renifle une trace.

Silence de la nature qui l'observe.

— On dirait qu'il cherche le serpent..., dit le chat à voix basse.

— Exact, enchaîne Castagnié sur le même ton. Et je sais qui c'est ! C'est Frère Modeste, le curé des loubards et des voyous, un chic type qui marque mal mais qui fait le bien. Il recueille des terreurs dans une vieille ferme et leur fait soigner des bêtes blessées, des cochons, des biches, des sangliers... et ils guérissent !

— C'est les loubards qui guérissent les bêtes, ou les bêtes qui guérissent les loubards ? demande un merle.

— C'est le Seigneur Tout-Puissant, Notre Dieu, dit Geneviève qui est restée très pieuse depuis son baptême.

Frère Modeste se relève. Il semble hésiter... puis il aperçoit, derrière le Monument aux Morts, au bout du jardin public, le clocher à peigne de l'église et se dirige dans sa direction.

En entrant dans l'église il s'aperçoit qu'il visite peu les maisons de Dieu.

La présence réelle, il la rencontre tous les jours dans les yeux des gamins perdus, dans la misère des quartiers, et parfois, bénédiction, dans un sourire. Mais là, en poussant la lourde porte de bois cloutée de fer, il vient pour demander de l'aide à Celui qu'il a toujours servi.

Il avance dans la nef sous le regard de saints et de vierges de pierre et de bois, dans la lumière des vitraux... Il est seul... c'est l'heure creuse de la Foi... il va s'agenouiller sur un prie-Dieu, face à l'autel. Il est fatigué... il ne sait plus. Et, tout d'un coup, il a honte d'accorder une telle place à un serpent alors qu'il y a tant de malheurs dans le peuple des hommes... Pourtant, quand il s'occupe, à la ferme, des oiseaux blessés et des sangliers meurtris, il a l'impression de faire son devoir... mais un serpent ? L'ennemi... l'ennemi ?

Il prie. Comme un enfant.

Il a confiance.

C'est la première fois que Fernand pénètre dans une église.

Il est très intimidé.

Mais c'est sa seule chance de retrouver Ève. Il l'a compris en écoutant parler l'arbre et les bêtes au bord de l'eau.

Ils ne l'ont pas quitté du regard quand il a abandonné son refuge sous l'écorce et qu'il a suivi l'homme qui est ami avec sa maîtresse.

Il s'est glissé sous la lourde porte, là où les pierres sont disjointes, et il est entré dans une grande maison vide et silencieuse.

Il a rampé jusqu'au bout de la grande maison au pied d'une croix où était accroché un monsieur presque nu avec du sang qui lui coulait du cœur. Le pauvre monsieur le regardait et le serpent comprit qu'il avait pitié de lui.

— Fernand !

Fasciné par le regard du monsieur sur sa croix, il n'avait pas remarqué l'ami de sa maîtresse. Il a rarement été aussi heureux de rencontrer un humain. Il attaque l'ascension du prie-Dieu pour atteindre la main de Frère Modeste et s'enrouler autour d'elle.

— Merde, que c'est froid ! s'exclame Frère Modeste qui en a des frissons.

Mais il ne repousse pas le serpent. Il le dissimule sous sa manche et rend grâce à Celui qui les regarde tous les deux, Jésus, son pote, son vrai pote.

C'est Ève qui va être contente !

Ça tourne à l'émeute devant le stand d'Aoriste.

Le personnel de la librairie des Thermes, insulté, dépassé, se demande s'il ne doit pas alerter la Sécurité...

Les gens sont furieux, déchaînés, violents, et quand Anne-Charlotte se fraye un passage à travers la foule et débarque, tout sourires, en disant :

— Je suis l'attachée de presse d'Aoriste !
elle reçoit sur la tête un coup de *Mutante amoureuse* (497 pages), et comprend qu'elle n'est pas la bienvenue.

Elle comprend aussi qu'une fois de plus le roi de la science-fiction lui a fait le coup de la disparition dans le Sub-Espace...

Une fois de plus, une fois de trop !

— On est venus hier : il était pas là ! On revient ce matin : il est parti ! Là, on revient : il est pas revenu ! Non, mais, ça va pas ! C'est honteux !

— Mais qu'est-ce qui s'est passé ?

La voix d'Anne-Charlotte a couvert celles des lecteurs frustrés. On écoute avec elle un employé de la librairie qui dit :

— Il est parti en fin de matinée avec une petite fille qui lui a dit « Papa »...

— Papa ? Mais il n'a pas d'enfant ! Je le saurais !

— En tout cas, elle lui a dit « Papa » et il n'a pas discuté. Il s'est levé et il est parti avec elle...

— Mais qui c'est, cette petite fille ?

— La fille de Madame le Sous-Préfet, dit la nièce de Grégoire le Hardi. D'ailleurs ils sont partis dans la direction de la sous-préfecture... Je le sais, je les ai vus... je revenais des toilettes et...

Anne-Charlotte est déjà en marche.

L'autocar, en descendant de Saint-Fulgence-des-Vieux, est passé devant l'hôtel de la sous-préfecture. Elle sait où il se trouve. Elle fonce. Elle rage. Attends un peu, ça va être sa fête à l'extraterrestre !

William signe sans s'arrêter.

William sourit, prend le livre qu'on lui tend, sourit, écoute le nom du lecteur, sourit, tend le livre une fois dédicacé, sourit...

William est disponible, gentil, joyeux...

William est affreusement triste.

Pendant le déjeuner gaulois il a réactivé son portable, du car il a appelé Steven... il l'a du reste réveillé... Il lui a tout raconté, espérant qu'il allait lui dire : « Je sais qui c'est ! Je viens de l'avoir au téléphone ! Elle s'appelle... »

Mais non. *Nothing !* Steven compatissait. Mais ne savait rien.

— Personne, demande William, ne m'a demandé pendant que j'étais absent ?

Ça fait rire Calpurnia et sa petite sœur Paulina qui est venue en renfort.

Personne ? Des dizaines de personnes ! Une vraie foule !

— On vous adore ! dit Calpurnia.

— *Ab imo pectore*[1] ! ajoute Paulina.

Alors il sourit, il signe, il sourit.

— Tu me remets ?

Le type au cure-dent du train est devant lui, épanoui, jovial, réjoui.

— Alors, mon pote, tu t'attendais pas à revoir Pépère, hein ? T'es un drôle de cachottier ! T'aurais pu te présenter !

Une femme l'accompagne qui porte deux cabas visiblement lourds, une femme du genre effacé, timide, du genre qui file doux.

— J'te présente la patronne, dit-il. Ginette ! Elle est dingue de toi ! Ben, dis-lui, Ginette, que t'es dingue ! Fais pas ta timide ! Ben, parle ! Il va pas te manger ! Dis-lui que t'as tout lu ! Des livres de toi, y en a partout à la maison ! Jusque dans les chiottes ! Des Poches ! Des Clubs ! Des reliés par sa cousine ! C'est en écoutant la radio ce matin que j'ai compris où j'avais vu ta photo ! À la maison ! Sur les livres de Ginette ! Ben, dis-lui, Ginette, que t'as tout lu ! Moi, rien, mais maintenant qu'on se connaît, je vais essayer d'en lire un. Un court. Qu'est-ce que tu me conseilles ? Allez ! Un conseil pour Frédo !

On commence à s'énerver derrière lui.

William se lève, tend les bras vers Ginette... et, plein de compassion, l'embrasse sous les applaudissements.

---

1. Du plus profond du cœur !

Frédo, qui a déjà étalé le contenu des cabas de Ginette sur le stand, est soudain traversé par une idée lumineuse :

— On va prendre une photo ! Allez, Willy ! T'embrasse encore ma femme ! J'vous tire le portrait et après, elle nous prend tous les deux !

— Et pourquoi pas une peinture à l'huile ? s'indigne la personne suivante, une forte dame appuyée sur des cannes anglaises.

Ça râle ferme dans la queue.

— On arrive de Saint-Poujol-les-Vignes ! Avec trois enfants en bas âge ! On piétine depuis une heure ! Si tout le monde prenait une photo et amenait sa bibliothèque à dédicacer, on serait encore là demain matin !

Un chien aboie, un enfant pleure, une septuagénaire réclame une chaise...

Furieux, Frédo abandonne son idée de photos et abrège le rodéo de dédicaces de William.

— Allez, secoue-toi, Ginette, on remballe ! dit-il.

Et il ajoute, sinistre :

— On touche le fond !

« On touche le fond »... c'est ce que pense William qui signe, sourit, dédicace, et recommence en cherchant désespérément parmi la foule le joli visage mal lavé de l'inconnue au portable.

Il ne sait pas qu'une femme au grand cœur, telle une proxume[1] ou une déesse-mère, est en train de tisser l'avenir d'une fille et d'un garçon qu'elle a pris sous sa protection.

Félicité.

Félicité qui regarde dormir la petite qu'elle a installée dans la chambre sans fenêtre, dans le lit même de

---

1. Déesse du foyer, veillant sur la famille. Particulièrement vénérée à ROME, NEMAUSA et LUGDUNUM.

Paul. Paul qui est parti tout à l'heure avec des carottes pour les chevaux et qui ne reviendra que plus tard. Le pauvre garçon était content : elle l'a fait engager en renfort comme serveur, ce soir, aux Thermes ! Et la petite ne le sait pas encore, mais elle aussi va pouvoir se faire un peu d'argent, elle accompagnera Félicité pour donner un coup de main à la plonge pendant la cérémonie.

Félicité regarde les 7 euros et 58 centimes sur la table, et soupire.

Elle a déshabillé la petite avant de la mettre au lit, mais elle n'a pas osé ouvrir son sac. Elle ne sait même pas son nom. Ni ce qu'elle fait dans la vie. La gamine le lui dira à son réveil. Félicité sort sur la pointe des pieds et laisse dormir Étiennette Cellier, vingt-six ans, élève de cinquième année à la Sorbonne, déjà titulaire d'un master de littérature américaine. Et bien partie pour une agrégation.

Étiennette dort comme un loir sous les yeux ronds du petit loir qui, s'il l'osait, ferait bien son nid dans sa chevelure.

À peine arrivée au Salon, Bijou est passée dans les airs, portée en triomphe par ses fans, comme le bouclier de Brennus.

Othello pavoise.

Les ventes de livres dans un Salon, ça ressemble à l'effeuillage de la marguerite.

Un peu, beaucoup, passionnément, à la folie...

Pas du tout !

C'est un peu triste... mais, parfois, une simple rencontre, un simple livre dédicacé à quelqu'un qui a vraiment envie de le lire peut être la source de grandes joies. Violente sensation d'exister, même si elle est fugitive. Échange, partage, communion. Les Autres.

— J'ai vendu sept livres en moins de deux jours ! s'émerveille la fragile Madame de Peyrebelle. Ça ne m'est jamais arrivé d'en vendre autant !

Devant le stand d'Aoriste la révolte est enfin finie.

— On reviendra demain, ont dit les furieux, soudain doux comme des agneaux, et comme les nouvelles courent vite le long des allées, on sait maintenant chez les quatre Évangélistes que la petite fille de la sous-préfète est partie avec Aoriste après lui avoir dit :

— Papa !

Celui qui avait déjà tout deviné triomphe !

— Je le savais.

— C'est vous, l'âne ? lui demande une jeune fille en lui tendant un album.

— C'est moi ! répond-il gaiement. Et je peux même braire !

— Chiche !

Et l'âne fait : hi-han ! hi-han ! en se demandant ce qui se passe en ce moment à la sous-préfecture.

Anne-Charlotte marche vite le long de la Burette, traverse la place, dépasse la mairie, Anne-Charlotte marche vite et pense encore plus vite.

La scène devant le stand d'Aoriste l'a profondément bouleversée. Elle ne supporte pas qu'un de ses auteurs se conduise mal avec le Public.

— Une honte !

Anne-Charlotte presse le pas...

Elle réfléchit tout haut : « Nous sommes samedi, samedi après-midi, la partie administrative est certainement fermée. Il faut donc que j'entre dans les appartements privés si je veux trouver quelqu'un ! Allez, courage ! »...

Enfin elle arrive devant l'hôtel de la sous-préfecture, prête à affronter toute difficulté.

— Madame ?

Un gendarme avenant, sorti du poste de garde, l'interroge courtoisement.

— J'ai rendez-vous avec Madame le Sous-Préfet.

Le gendarme a l'air surpris, il n'a pas été informé...

— Normal, dit-elle, Martine... pardon ! Madame le Sous-Préfet vient de me téléphoner au Salon... je suis l'attachée de presse et nous devons parler de la cérémonie de ce soir...

Le gendarme lui coupe la parole, conquis et convaincu.

— La grande porte à droite dans la Cour d'Honneur, premier étage.

— Je sais, ment-elle en s'éloignant. Merci, Monsieur !

« Belle femme » ! pense-t-il en la suivant des yeux.

La voici dans la place.

Vaste entrée, escalier majestueux, noblesse.

Une plaque explique que l'hôtel de la sous-préfecture, anciennement hôtel Gamblin de La Prade, fut terminé sous le règne de Louis XV grâce au dévouement d'Agricol Favier, dit Berrichon le Résolu, et de ses compagnons, l'architecte Dumont ayant perdu la vie en tombant d'un échafaudage au début des travaux.

Anne-Charlotte attaque les marches de pierre, pose sa main sur une rampe de bois sculpté... c'est beau !

Mais le tapis de l'escalier est en piteux état, la peinture a besoin d'être rafraîchie. Le haut plafond présente des traces d'humidité... ça sent l'absence de crédits !

Sur le palier du premier étage une élégante banquette perd son crin d'époque, le parquet à la française gémit sous les pas...

Ce qui frappe le plus Anne-Charlotte, c'est le silence de la maison.

Où sont-ils partis ? La sous-préfète et la petite qui a entraîné Aoriste en lui disant « Papa ! ». Où sont-ils ?

Anne-Charlotte entre dans un salon vide aux tentures fanées, elle traverse une salle à manger aux chaises disparates...

Personne !

Elle avance le long d'un couloir grisâtre et tout d'un coup, derrière une porte, elle entend des éclats de rire.

Anne-Charlotte frappe discrètement sur un battant de bois défraîchi et dédoré, qui a dû être sublime au temps du Bien-Aimé.

Pas de réaction.

Les rires continuent de plus belle.

Elle frappe encore...

Rien.

Alors elle se permet de pousser la porte et le spectacle qu'elle découvre la laisse sans voix.

Dans une chambre en grand désordre, Aoriste est assis sur un lit qu'on sent couvert à la hâte, auprès de Madame le Sous-Préfet en « négligé » et de la petite Fanchon qu'il serre contre lui. Deux hommes très jolis, très élégants, de vraies gravures de mode, trinquent avec eux avec de grands éclats de rire. Tout le monde rit, mais on sent que tout le monde a pleuré. On devine aussi qu'ils n'en sont pas à leur premier verre.

— Ma merveilleuse Anne-Charlotte ! s'écrie Aoriste en la désignant. Mon inestimable !

Une petite Anglaise délicieusement enrobée tend une coupe de champagne à « l'inestimable », un jeune homme en qui elle reconnaît le secrétaire à tout faire ouvre une autre bouteille, du champagne coule par terre et ça le fait rire : ça porte bonheur !

Anne-Charlotte dérive, perplexe, sa coupe à la main.

— On va tout vous expliquer, lui dit Fanchon, la seule créature présente qui n'a rien bu.

Tout près des ruines noircies où la petite Sophie cueillit jadis des marguerites, paissent les chevaux. Ils sont venus, l'un après l'autre, s'approcher du garçon qui leur offrait des carottes.

Non loin de là, assis sur un rocher, Jojo regardait la scène avec envie.

— Salut ! dit Paul, et le gamin ne répondit pas.

— Tu veux leur donner à manger ?

Jojo haussa les épaules.

— Y m'aiment pas, les chevaux !

Paul se mit à rire.

— C'est toi qui le dis ! Allez, viens ! Pour commencer, comment tu t'appelles ?

— Jojo.

— D'accord, Jojo ! Mais ton prénom ?

Le petit le regarde sans comprendre.

— Ton prénom ? Moi c'est Paul, toi c'est... ?

— Georges..., et il ajoute : Personne me l'a jamais demandé...

— Eh ben, ils ont eu tort, ceux qui te l'ont pas demandé ! Georges, c'est un beau prénom, c'était un saint ! Et c'est le patron de l'Angleterre !

— Le patron de l'Angleterre ? fait le petit, impressionné.

— Oui ! Tiens, voilà une carotte !

Jojo – pardon : Georges – a pris la carotte. Un cheval bai a trotté vers lui.

Georges n'a pas eu peur, le cheval non plus...

— Tu vois ! a dit Paul.

Les murs bâtis par les Compagnons du tour de France et des Devoirs Unis sont épais. Sinon on entendrait les éclats de rire jusqu'au poste de garde.

Anne-Charlotte sait tout, maintenant.

Elle sait que sur un coup de tête, à cause d'une dispute amoureuse et d'une jolie rousse américaine, Aoriste... pardon : Jean-François Lantier, était parti aux États-Unis, rompant avec Martine sans savoir ce qui se préparait en elle. Là-bas, disparaissant dans le brouillard, galérant, écrivant, il ignore totalement qu'une petite fille, signée par lui, vient de naître.

La jolie rousse n'a pas fait long feu.

Il est seul. Seul ? Façon de parler, les femmes ont toujours eu des bontés pour lui, mais Martine lui manque, il veut la retrouver, s'expliquer avec elle, lui demander pardon, lui dire qu'il l'aime toujours.

Il retrouve sa trace pour apprendre qu'elle vient de se marier. Cette nouvelle le glace. Il efface de son esprit le nom du mari. Un nom à tiroirs...

Alors il a travaillé ! Travaillé. Travaillé.

Il est devenu Aoriste.

Invité à Fondeveau-sur-Burette, il n'a pas remarqué le nom du sous-préfet.

Normal, il n'a même pas retenu le nom de la ville !

C'est quand il a vu Martine, l'autre soir, à la mairie, que le Passé est revenu au galop. Alors quand la petite, plantée devant lui, a dit : « Papa ! », le ciel s'est ouvert.

— Normal pour un extraterrestre ! dit un des si jolis messieurs, qui se présente : Tancrède Chambolle de La Place, je suis Pipa, le mari de Martine, enfin, l'ex-mari ! puisque maintenant je suis avec Papi !

— Dany Bouju, dit Papi en baisant la main d'Anne-Charlotte. Nous sommes venus pour les dix ans de la petite chérie et...

Brusquement, il fond en larmes et tous se précipitent pour le consoler, le rassurer, essuyer ses larmes.

Pipa explique :

— Il a eu peur que son père, son vrai père, ne nous interdise de voir notre petit trésor. Ça le rend malade ! Et je le comprends !

— Plus on est de pères, plus on rit ! déclare Aoriste en embrassant sa fille. Merci pour tout ce que vous avez fait pour elle !

— Chambolle de La Place ? demande Anne-Charlotte. C'est vous la boutique « Au Design de Demain » ?

— Oui !

— Que d'affinités entre vous tous !

— Bon ! (Fanchon s'est levée.) Et si on allait travailler, maintenant ? Hein ? Allez ! *Hoc volo, sic jubeo, sit pro ratione voluntas*[1] !

— Elle est adorable ! disent les trois pères.

Et Martine pense qu'elle a beaucoup de chance.

---

1. Je le veux, je l'ordonne, que ma volonté tienne lieu de raison !

Tout est prêt pour la soirée de gala dans le grand salon qui ouvre sur la vaste salle à manger du Palace.

Le personnel, spencer émeraude, pantalon gris souris, est au garde-à-vous devant le somptueux buffet qui attend les invités.

Mais le moment des petits-fours et des toasts n'est pas encore arrivé. On attend avec impatience le verdict du jury.

Qui va avoir le Prix de la Source ?

Abraham Marquet de Santenac, président, Gaston Mercoiret, le professeur Rondelet, Turcla de Monclair, Melchior Trinquetaille, l'abbé Dupuytrein, et Martin Aldebert de *La Source républicaine*, prennent place sur la petite estrade qui a été dressée à leur intention.

Tintement dans le micro... tout va bien, le son est bon, le président du jury prend la parole :

— Madame le Sous-Préfet, Monsieur le Maire, Messieurs les adjoints, et Monsieur William Jefferson Byrd, le grand écrivain américain qui, en mémoire de son valeureux grand-père (tonnerre d'applaudissements), nous a fait l'honneur d'accepter la présidence du premier Salon du Livre de notre chère cité, notre chère DIVINA, trop longtemps oubliée, qui revient enfin à la lumière... merci d'être là !

» D'abord, et ce que je vais vous dire, je vous le dis de notre part à tous, membres du jury, nous avons été frappés par la qualité remarquable de tout ce que nous avons lu ! Depuis les livres divertissants et même, parfois, poilants, comme ceux des quatre Évangélistes, jusqu'aux livres de profonde culture comme celui de Madame Marie Diakité, nous sommes allés de bonheur en ravissement ! Et nous avons dû, tant l'événement était important, créer un autre prix, celui de la Révélation, qui est attribué à Josian Cambescot pour son chef-d'œuvre *Le Sexe d'un ange* !

Velléda pousse un hurlement de joie, tout le monde applaudit, Josian chancelle d'émotion.

— Venons-en au Grand Prix de la Source attribué à un roman. Le jury a beaucoup aimé le premier roman de Chantal Lagarde, *Toute seule...*

Rémy Voisin se penche à l'oreille de la jeune femme et pose une main de propriétaire sur son épaule, tandis que le président continue son discours.

— Je te l'avais dit !

— C'est un joli livre plein de fraîcheur, mais...

Le président hésite, prend un temps...

— ... Quelque chose nous troublait dans le déroulement de nos lectures. On nous avait annoncé un livre qui ne nous était pas parvenu. Jamais. « Épuisé », nous disait-on chez l'éditeur. « Épuisé » ? À peine sorti ! Ça nous a paru bizarre. Le professeur Rondelet a eu l'extrême gentillesse d'en acheter un exemplaire lors d'un déplacement à Bordeaux. Il l'a lu dans le train de retour. Le livre l'a emballé. Nous l'avons fait venir et

nous l'avons tous lu. Et tous nous avons été emballés !
Il s'agit du premier livre d'un jeune écrivain inconnu,
probablement un très grand malade, sa photographie en
dernière page tire des larmes, et c'est sans doute pour
cela que, par délicatesse, son éditeur a préféré lui évi-
ter les fatigues d'un voyage, mais nous, à l'unanimité,
nous avons décidé de couronner *J'arrive !*, le premier
roman de Paul Lavoisier.

Rémy Voisin se prend une gifle terrible de la main
de Chantal.

— Où qu'il soit, et probablement, hélas, sur un lit
d'hôpital, nous disons « Bravo ! » à ce pauvre garçon,
défiguré par une atroce maladie, en espérant ne pas
arriver trop tard.

Et il répète :

— Où qu'il soit !

— Mais je suis là ! dit une voix jeune et joyeuse.

Et, spencer émeraude, pantalon gris souris, un des serveurs sort du rang sous les yeux ébahis des assistants.

Rémy Voisin se prend une nouvelle gifle.

— Et, en plus, il est beau, la vache ! dit Chantal,
hors d'elle.

— On aura tout vu dans ce Salon ! jubilent les
médias.

Un certain désordre fait suite à la révélation, les
membres du jury ne reconnaissent pas le malheureux,
Paul propose de sortir ses papiers, les gens éclatent de
rire, applaudissent, et Bijou, déchaînée, se met à rapper :

On m'appelle Bijou
Et tu apprendras
Qu'on fait pas joujou
'Vec une meuf com' moi !

C'est à Divina qu' j'ai pris l'rap à la source !
Pour gratter des textes qu'ont grave d' la r'ssource

J't'avais soon repéré
Paul joli serveur
Ton sourire BG
Qu'est sorti vainqueur !

Félicité, montée en douce des cuisines pour assister à la cérémonie, fond en larmes en voyant son protégé à l'honneur.

Et elle se réjouit d'autant plus que le président du jury, au nom de Brogniard et Pécuchon, remet une enveloppe au lauréat qui reste baba devant le nombre de zéros derrière le premier chiffre.

— Je savais bien que tu cachais quelque chose ! dit William en le serrant dans ses bras, et, voyant que tout le monde se précipite sur le garçon, l'embrasse et le félicite, il lui glisse à l'oreille : Tu vas voir, *kid* : *sweet smell of success*[1] ! Et c'est pas fini !

Tout le monde est à table, maintenant.

Paul n'a pas quitté son spencer émeraude, les auteurs ont reconnu le garçon qui les a servis dans le train. Avec un spencer rouge.

— Je vous avais dit : « Il a des yeux !... », dit Turcla de Monclair à Melchior Trinquetaille qui a tellement aimé *J'arrive !* qu'il pardonne à son auteur de ne pas être le monstre annoncé.

---

1. Doux parfum du succès !

Paul est assis entre la femme du maire et Bijou, non loin de William, de la princesse... il n'en revient pas.

Saladin tape quelques petits coups avec une cuillère sur son verre de cristal. Il remercie les auteurs, il est ému, il pense à tout ce qui s'est passé, à ce succès ! Merci ! Merci ! Alors, à la surprise générale, Anselme Le Pouilleux se lève et prend à son tour la parole :

— Non, ce n'est pas à vous, Monsieur le Maire, de nous remercier ! C'est à nous tous, gens de plume, de cabinet, d'écriture et, parfois, de savoir, c'est à nous tous, baladins de la littérature, de vous dire un profond merci ! Merci, du fond du cœur, à votre jolie ville, merci à Fondevette-sur-Bureau qui...

Un immense éclat de rire lui a fait perdre le fil de ses idées. Décontenancé, perdu, il se tourne vers la princesse qui rit franchement, elle aussi.

— Qu'est-ce que j'ai dit ?

Elle rit toujours, elle se lève, elle lui prend la main :

— Vous avez dit Fondevette-sur-Bureau !

Et c'est Le Pouilleux qui éclate de rire.

Herdis essuie ses yeux et prend la parole à son tour :

— Chers amis, pardonnez cette erreur ! Je crois qu'on dit « la langue a fourché », en français ! Je vais vous donner le pourquoi. Ce matin je n'aurais pas pu, mais tout à l'heure j'ai eu mon auguste sœur, la reine Christina III de Kurlande, au téléphone, et je lui ai avoué que Monsieur Le Pouilleux et moi nous nous aimions. Alors Sa Majesté m'a dit : « Considère, ma chérie, que vous êtes fiancés ! »

Bijou rappe encore, mais, cette fois, pour Paul tout seul, au creux de son oreille.

Marie prend la main de Rodolphe et lui dit :

— Dès que j'aurai eu la bénédiction de mon auguste fille, j'annonce mes fiançailles !

Quant à Madame le Sous-Préfet et Aoriste, ils sont partis après les toasts, sachant qu'ils ont la bénédiction de leur auguste Fanchon et qu'ils ont le droit et le devoir d'être heureux.

William sourit. Mais William est triste.

Elle n'est pourtant pas loin, la petite Étiennette. Elle est à la plonge, tout en bas, dans les cuisines. Et elle se demande si elle aura assez d'argent pour payer son retour à Paris.

Ils dorment tous.

Certains se retrouvaient.

D'autres se découvraient.

D'autres encore persistaient dans la solitude.

Paul était monté en spencer émeraude et pantalon gris souris dans la somptueuse Suite de la Source. Il revoyait tout ce qu'il avait traversé depuis ce vendredi matin où il avait rejoint, en retard, la petite troupe de Monsieur Charles. Il revoyait sa rencontre avec William, la naissance d'une amitié, ses angoisses, ses espoirs, sa victoire.

Il regarda sa photo sabotée en quatrième de couve. Horrible ! Un monstre ! Le directeur littéraire avait disparu avant le dîner, pauvre type, ça allait être sa fête, au Lièvre de Mars, quand on saurait quel rôle il avait joué. La jolie Chantal était venue féliciter Paul et lui dire à quel point elle était révoltée par la magouille de Rémy Voisin. Gentille fille. Un peu trop affectueuse, même. Gentille. Mais pas capable de lutter contre Bijou l'incroyable. Ah ! Bijou !

Il soupira, fit couler de l'eau chaude, constata qu'on avait pensé à tout. Eau de Cologne, parfum, shampooing, rasoir, crèmes, peignes, brosses à cheveux, à ongles, à dents, dentifrices, huiles précieuses. Sur le lit, il découvre un pyjama de soie qui vient de la boutique des Thermes. Il pense au chèque de Brogniard et Pécuchon.

Sweet smell of success, a dit William.

Il est triste, William. Amoureux, je crois, pense Paul, qui ajoute à voix haute :

— Il n'est pas le seul.

Paul a laissé la fenêtre ouverte sur la douceur de la nuit. Il s'est couché.

Et s'est endormi.

La Suite de la Source était voisine de la Suite Messaline. Les balcons se touchaient.

Il était facile de se rendre visite.

Dans son sommeil, Paul sentit une présence. Quelqu'un se glissait dans le lit, contre lui. Tout contre. Il crut qu'il rêvait.

Mais il ne rêvait pas. Grâce à un rayon de lune, il aperçut la manche d'un pyjama où couraient de joyeux petits canards.

— *J'arrive !* dit la voix envoûtante de Bijou.

DIVINA

Je les ai laissés être heureux.

J'ai survolé le parc au bord de l'eau. Pensive.

Puis j'ai vu la grande visiteuse qui volait vers moi dans la nuit claire.

Jamais encore elle n'était venue, jamais elle n'avait franchi les mers et les frontières des hommes pour venir jusqu'à moi.

LEPTIS MAGNA, la ROME africaine.

Quel honneur que cette visite !

La belle ville meurtrie avait traversé tant de souffrances, tant de dangers au cours des siècles, et encore tout récemment vu couler tant de sang, que souvent j'avais eu peur pour elle.

Dans le Musée des Thermes nous possédons une reproduction de son Amphitrite sortant de l'onde. La déesse n'a plus de mains mais l'adorable drapé de sa longue robe est toujours retenu. Par rien. Comme si la beauté était plus forte que la barbarie des iconoclastes.

LEPTIS MAGNA de Libye.

Je m'incline devant elle.

Elle s'est arrêtée à ROME, me dit-elle, et notre mère à toutes l'a chargée de grâces pour moi.

— ROME n'a jamais douté de toi, elle aurait aimé m'accompagner mais, en ce moment, elle a de grands problèmes.

J'ai demandé si c'était avec le Saint-Père. Non, c'était avec le football.

— Ah ! Ça c'est grave…

Nous nous sommes tues.

— Ta nuit sent bon, DIVINA ! me dit la noble cité. Elle sent la Paix.

Puis elle m'expliqua pourquoi elle avait volé vers moi. C'était à cause de Schéhérazade.

— Je sais qu'elle venait de l'Atlas tellien, mais je sais aussi qu'elle descendait d'une tribu de bergers qui vécut longtemps chez moi, en Cyrénaïque. Comment a-t-elle pu arriver en France, en pleine guerre d'Algérie, si vite après l'assassinat de son père, alors que tant de malheureuses familles de harkis virent partir les navires du salut sans y avoir accès ? Par quel miracle ?

Elle a raison de parler de miracle, ma sœur, car c'est bien d'un miracle qu'il s'agit.

Souvenez-vous de la montre du lieutenant Gamblin de La Prade que Blaïd, son ordonnance, vint remettre, marchant à pied depuis Dunkerque, à la vieille marquise en deuil. Il resta auprès d'elle et la servit jusqu'au bout, comme un chevalier sert sa dame, comme un fils veille sur sa mère.

Dans la petite Folie délabrée où ils vivaient modestement, personne n'aurait pu soupçonner ce qui se passa pendant l'Occupation. Seule, Calamity Jane devina la vérité.

La marquise faisait office de boîte à lettres entre la Résistance et Londres.

À part la mort du lieutenant et celle du sous-lieutenant Berthézène, rien ne rapprochait les deux femmes.

— Parfois l'Essentiel est suffisant, dit LEPTIS MAGNA avec un sourire.

Oui, l'Essentiel. Elle a raison. Elles partagèrent le Deuil, le Danger et l'Espérance.

Discrètement.

La marquise était très pieuse. Calamity Jane bouffait du curé. Et celui de la marquise était dur à avaler ! Froid. Sec. Hautain. On n'en savait rien mais on le disait antisémite. Mon Dieu ! Il mourut quelque temps avant le départ des derniers Allemands. À part la marquise, on le pleura peu. Puis vint la Libération et Calamity Jane eut la surprise de se voir invitée, ou plutôt convoquée, à l'église par un mot de la vieille dame.

Curieuse, elle y alla. Dans l'église se trouvaient tous ceux de la Résistance qui étaient encore vivants.

La marquise se mit à quatre pattes derrière l'autel et, aidée de Blaïd, sortit les rouleaux de la Torah qui y avaient été cachés depuis des années. Depuis la nuit où le curé avait cambriolé la synagogue en apprenant qu'elle allait être brûlée le lendemain.

La synagogue avait été brûlée. Mais pas le Pentateuque.

La Loi avait été sauvée.

— Il faudra La rendre à qui de droit, avait dit la vieille dame en tendant les rouleaux à Calamity.

La marquise vivait encore au moment de la guerre d'Algérie. Elle était très vieille. Très fatiguée. Quand elle vit le chagrin de Blaïd apprenant que son frère harki venait d'être abattu en Algérie, elle retrouva ses forces perdues.

Elle avait gardé un réseau de vieilles amies à l'aspect aussi inoffensif et hors du temps que le sien. Ces héroïnes de l'ombre étaient d'autant plus redoutables qu'elles se paraient depuis l'enfance d'un air de niaiserie qui les rendait insoupçonnables.

Et un jour, déposée par un lointain cousin des Gamblin de La Prade, également apparenté à la famille de Lescure et servant sous les ordres du lieutenant Meyer, la petite Schéhérazade arriva à Fondeveau-sur-Burette.

On attendait une enfant illettrée, on découvrit une bachelière. Belle. Sage. Savante. Bien digne du prénom de la reine des Contes et de la Nuit.

Quand Calamity vit que son fils tombait amoureux de la petite, elle se réjouit. Il l'épousa. À la naissance de Saladin, la grand-mère demanda à son fils Jean que l'enfant soit de la même religion que sa mère. À la surprise générale, car si elle bouffait toujours du curé, son aversion s'étendait à toutes les religions. Opium du peuple, asservissement, abrutissement, bourrage de crâne. Aucune ne trouvait grâce à ses yeux.

— Alors, pourquoi ? demanda Jean.

— C'est pour ne pas couper les racines de Schéhérazade, dit-elle. C'est pour que Saladin n'oublie jamais qu'il est le fils d'une perle qui a un si bel Orient !

— C'est tout ce que je voulais savoir, dit LEPTIS MAGNA. Ont-ils été heureux ?

— Très heureux, ils ont même eu la joie de connaître quatre de leurs petits-enfants, Calpurnia et César, Auguste et Paulina...

Ma sœur sourit :

— C'est vrai qu'on parle beaucoup latin à DIVINA !

— *Ab urbe condita*[1] !
— Les villes…, dit-elle. Les hommes devraient se souvenir de l'Atlantide… Au fond, j'ai eu de la chance, quand je pense aux Bouddhas de Bâmiyân, au pillage du musée de Bagdad, du musée du Caire… et pour remonter plus loin, au sac de Rome ! Adieu !

Elle s'envola mais, à peine partie, je la vis revenir, songeuse :
— Tu as quel âge, DIVINA ? me demanda-t-elle.

Oh ! là, là ! Je ne savais plus !…

Vieille, très vieille.
— Moins que moi, me dit-elle. Les Phéniciens, les Romains, les Arabes… et nous sommes toujours là !

J'ai récité :
— « *Âme éternellement renaissante*
    Âme joyeuse et fière et vive ! »…
— C'est joli, ce que tu dis !
— Ce n'est pas moi qui le dis, c'est un poète. Mistral.
— Mistral, comme le vent ?
— Comme le vent !
— *Éternellement renaissante*…, répéta la vieille cité,

Et je poursuivis, de mémoire :
— … « *toujours attachées à la terre, vous voyez au lointain, comme des accidents du temps, passer la gloire des empires et l'éclair des révolutions… vous voyez passer les barbaries, et même les civilisations.* »
— Il avait tout compris, dit ma sœur.

Et cette fois, elle disparut dans la nuit.

---

1. Depuis la fondation de la ville !

TROISIÈME JOURNÉE

DIVINA

C'est dimanche.

Les cloches le disent, joyeuses.

Tout le monde ne va pas faire la grasse matinée en ce dernier jour du Salon qui est aussi celui du Seigneur.

Les portes seront ouvertes à 10 heures, comme hier, mais certains se hâtent déjà pour se rendre à la première messe de Pierre, le curé, fils de l'anar et beau-père de Saladin.

Je suis toujours émue dans ces petits matins où Claire sort des bras de son mari musulman pour entrer dans l'église de son père, et être ensuite la première au CHU pour sauver des vies.

Quel éventail !

Bijou a rejoint sa chambre avant le chant de l'alouette. Elle regarde l'icône du père Séraphim. Personne ne sait encore que l'icône a été achetée très cher, que les moines pourront partir à Sarov, là où reposent le saint et son frère l'Ours. Et personne ne saura jamais que c'est grâce à elle, la petite rappeuse aux yeux mauves, grâce à *Rhythm and Poetry*[1], et si l'on veut grâce à

---

1. Rap : Rythme et Poésie.

Rock Against Police, que le voyage en Russie va être possible.

Elle pense au vœu qu'elle a fait sur le quai de la gare... Elle caresse doucement l'icône de bois. Son icône. Elle regarde la Ъожия Матерь, elle voudrait que la Mère et l'Enfant la rassurent. Qu'Ils lui disent que ça va marcher avec Paul... Elle voudrait tellement que ce soit l'amour avec un grand A. Celui qui dure. Longtemps. Toujours !

C'est drôle, la vie.

Elle ira peut-être à Cabanoule, chez les Sœurs de la Paix-Dieu, faire une retraite. Réfléchir. Penser à Paul. Se recueillir.

Mais il ne faudra pas que ça se sache dans le métier ! On risquerait de croire qu'elle n'est pas sincère, ou pire : qu'elle l'est.

Ça foutrait sa carrière en l'air.

Et alors ? La vie, avec ses imprévus, ses coups de théâtre, ses surprises. C'est marrant ! La preuve : ce Salon !

Un oiseau chante et Bijou se lève pour chanter avec lui.

Du monde se hâte vers l'église. Tout à l'heure, du monde – un peu moins – se dirigera vers la grange où la sœur jumelle d'Idelette, Katharina[1], célébrera le culte protestant.

Quand je vois ça et que je pense aux gens qui nient le passé chrétien de la France, ça me fait rire.

Marie et Rodolphe sont descendus ensemble prendre le petit déjeuner. Évidemment ! Ils ne se quittent plus.

---

1. La femme de Calvin se nommait Idelette, celle de Luther Katharina. Ce double baptême allusif est dû à l'humour de leur grand-père.

Ils font plaisir à voir ! J'aurais tendance à parier sur eux, sur leur bonheur. Je ne suis pas la seule puisque Anne-Charlotte se dirige vers eux, souriante, et leur dit :

— Je vous ai à l'œil, tous les deux ! Vous n'auriez pas une idée de livre ensemble qui traîne ?

— Si, dit Marie, on a même un titre !

— Un titre ? Déjà ?

— Oui : « La Noire et son Nègre » !

Ça fait hurler de rire Jean Le Bretonneux qui en profite pour embrasser Marie dans le cou.

— Encore ! s'exclame Rodolphe.

— Jaloux ! dit le médiéviste. Tu veux que je t'embrasse, toi aussi, mon chou ?

— Surtout pas ! disent la Noire et son Nègre d'une seule voix, alertant les quelques journalistes qui ne sont pas déjà repartis.

Anne-Charlotte pense que tous, ici, ont la chance, plus ou moins brillante, d'exercer un métier qui les passionne. Elle se tourne vers Le Bretonneux et lui demande pourquoi il a choisi d'écrire un livre sur Charles IV, ce bien fade souverain ?

— À cause de Clémence Isaure ! C'est Charles IV qui, en 1324, a signé les lettres patentes reconnaissant l'Académie des Jeux Floraux de Toulouse. On lui doit la première Violette d'Or.

— Mais il paraît que Clémence Isaure n'a jamais existé !

— Alors c'est encore plus beau ! Dans chaque rêve il y a une part de vérité. Profitons-en !

Oui, vraiment, pense Anne-Charlotte, les gens de plume ont de la chance. Celle de savoir inventer la vérité.

— Quelqu'un a des nouvelles des fiancés ? demande *Paris Match*

— Ils dorment encore !

— Et que deviennent Madame le Sous-Préfet et l'extraterrestre ?

Moi, j'espère qu'ils vont devenir une famille, et je crois que c'est possible avec l'aide de Fanchon, de Papi et de Pipa.

Il faudra que je demande aux autres villes qui reçoivent des Salons si c'est toujours aussi animé, aussi fertile en rebondissements. On ne se sera pas ennuyés ! Et ce n'est pas fini.

Jusqu'au bout il y aura eu foule. Les médias ont fait un travail colossal. Il faut dire qu'ils avaient du grain à moudre.

Mais ce n'est pas tout, les réservations pleuvent sur les Thermes, le Palace, le Gîte, l'auberge. La presse n'en finit pas de vanter les bienfaits du spa et, maintenant, on sait pourquoi Brogniard n'a pas téléphoné plus tôt. Le fiancé de Donatella, professeur de natation à Syracuse, État de New York, a voulu que le mariage ait lieu dans la piscine olympique de l'Université, et le malheureux père de la mariée a pris froid en nageant avec elle vers le Révérend Athanase qui les unissait selon un rite peu connu. Il paraît que la jeune mariée, inquiète pour la santé de son papa, n'a pas apprécié la cérémonie et que le mariage bat de l'aile.

10 heures sonnent à tous mes beffrois. On ouvre les portes.

Et, de nouveau, c'est la ruée.

Les malheureux qui s'étaient cassé le nez hier et avant-hier devant le stand d'Aoriste sont de retour.

Le spectacle de la petite fille assistant son papa, toute fière de lui ouvrir les livres à la bonne page pour qu'il y écrive sa dédicace, attendrit les cœurs les plus durs.

Certains lui demandent d'ajouter son nom. Elle n'ose pas. Elle respecte trop le travail de son père pour oser ! Mais, comme les gens insistent, elle obéit et trace seulement un petit cœur. Son père l'embrasse et les gens miaulent doucement, émus.

William espère toujours que sa petite inconnue va revenir. Mais la petite est retournée à la plonge pour payer son voyage de retour.

Elle essaiera, dans le train, de se glisser jusqu'à la voiture des auteurs... peut-être pourra-t-elle lui parler ?

Paul découvre ce que c'est qu'un succès.

Comment ont-ils fait, les Burifontains, pour se procurer tous ces livres ? « Épuisé », avait prétendu Rémy Voisin qui a pris la fuite. Le vieux propriétaire du Lièvre de Mars, quatre-vingt-seize ans et toute sa tête, a téléphoné au garçon pour lui dire sa joie. Tout émoustillé par l'aventure, il va reprendre du service.

Bijou rayonne.

Entre deux groupies elle envoie des textos à Paul. Il lui répond illico. Ils ne peuvent pas se rendre visite, ils ont trop de succès !

Aujourd'hui le déjeuner a eu lieu au bord de la Burette, au bistrot des Thermes.

Un simple buffet pour ne pas perdre de temps avant un dernier tour au Salon, avant de prendre le car. Avant de s'en aller.

Je suis mélancolique comme si c'était déjà fini.
C'est gagné. C'est réussi. C'est un triomphe !
Mais c'est fini.
Qu'est-ce que je dis ?
Il y a un attroupement sur la place. Une voiture vient
de s'arrêter et les gens se sont précipités. Il faut dire
que la voiture n'est pas la voiture de tout le monde !
Une Ferrari rouge !
Un jeune homme en est sorti, aussitôt pris d'assaut.
Les gens crient :
— Wilfried Heins ! Wilfried Heins !
Qui c'est ça ? Un auteur ?
Non. C'est le champion automobile Wilfried Heins,
celui en qui on voit le successeur de Schumacher.
Que vient-il faire ici ?
Il sourit, signe un ou deux autographes, puis s'ex-
cuse, va ouvrir la portière du passager et tend la main
pour aider un vieux monsieur à s'extraire de la voiture.
Et ce vieux monsieur, malgré les années, malgré ses
cheveux blancs et sa démarche hésitante au bras de
son petit-fils, je le reconnais !
Ce vieux monsieur, c'est le jeune Werther.

C'est quand même beau, les médias, la communica-
tion, l'information, la radio, la télé, la toile !
David est allé vers Werther.
Autour d'eux personne n'osait parler, personne n'osait
bouger.
Puis David s'est mis à chanter d'une voix frêle :

> *Hänschen klein*
> *Ging allein…*

Et Werther a enchaîné :

In die weite welt hinen !

Les deux hommes sont tombés dans les bras l'un de l'autre. Alors les gens se sont déchaînés. Ils ont applaudi, crié bravo, c'était un bonus imprévu, inattendu. William savait maintenant pourquoi il était venu. Il lui sembla entendre la voix de Grand-Pa lui dire : « La guerre est finie, *kid* ! »…

— On vous réclame ! lui cria de loin Calpurnia dépêchée par le libraire. Venez vite !

Et William courut vers le stand en se disant que c'était peut-être son inconnue.

Wilfried Heins avait dit :

— Je vous demande pas si Großvater peut rester avec vous ?

En effet, ce n'était pas la peine. Il était chez lui, Werther. David et le curé n'allaient pas le laisser filer de sitôt !

Le champion est parti dans un tumulte somptueux.

Il devait être à Milan avant la nuit.

— Faisable ! disait-il.

Saladin et les trois anciens petits garçons sur lesquels avait veillé sa grand-mère décidèrent de monter jusqu'à la vieille maison. Ils s'arrêtèrent d'abord devant les ruines de la ferme et pensèrent à la petite Sophie. Comme tous les ans, David déposa un caillou venu d'Israël au pied de la modeste stèle du souvenir.

Ils arrivèrent ensuite là où paissaient les chevaux. Au milieu d'eux, assis sur un affleurement de roches, un jeune garçon lisait un livre.

— Jojo ! s'étonna Saladin. Je ne l'ai jamais vu avec un livre ! Tu lis ? lui demanda-t-il en s'approchant de lui.

— Oui, c'est super ! dit Jojo, et il ouvrit *J'arrive !* à la page où on pouvait lire : « À Georges, le premier livre que je dédicace après avoir reçu le Prix de la Source, son ami Paul. »

— Nous avions à peu près son âge quand Werther est arrivé parmi nous, constata le curé.

— Je n'ai jamais su le nom de Fondeveau-sur-Burette, dit Werther. Bien longtemps après les bombardements, je suis rentré à Dresde où je n'avais plus de famille. Puis j'ai été très malade, j'ai failli perdre mon bras, celui qui avait reçu la balle...

— La voilà, dit David en montrant le bout de métal accroché à sa chaîne de montre. Si tu la veux ?

— Incroyable ! Et dire que je n'ai appris qu'hier que tu m'avais cherché pendant des années ! Si j'avais su !

Le maire se permit une remarque :

— Vous parlez admirablement le français !

— Heureusement ! (Werther éclata de rire.) Je l'ai enseigné toute ma vie !

Et il demanda où était la tombe de Mutti car il voulait aller s'y recueillir.

William n'a pas rêvé. Il avait bien entendu la voix de Grand-Pa.

La guerre était finie.

Ils sont tous partis.

Sauf Aoriste qui reste à la sous-préfecture pour fêter les dix ans de Fanchon avec Martine, avec Papi, avec Pipa, avec la Dotty dodue et le secrétaire.

Sur les stands on vérifie les comptes.

Jamais on n'aurait osé imaginer un tel succès.

Dans le Pronaos débordé on tente de maîtriser l'avalanche de réservations.

Les auteurs ont quitté leurs chambres avec, dans les bras, un pied de Divina, la pomme de terre qui sent le jasmin, des bonbons au miel, des liqueurs de Gai-Luron, et tous les cadeaux qu'ils ont reçus jusqu'à la fin du Salon.

Le maire, redescendu des hauteurs, est venu avec son épouse les saluer au moment où ils allaient monter dans les cars.

— Comment va ce pauvre Laffenage ? demanda la vieille dame aux bijoux faux.

— Il va beaucoup mieux, il faut seulement qu'il se repose quelques jours, lui dit Claire, rassurante. Nous veillerons sur lui !

Ils avaient tous décidé de ne dévoiler à la fragile créature ni le véritable pedigree du garçon, ni sa profonde dépression. Elle aurait eu trop de peine.

Quant à Ghislaine, elle avait tant pleuré, tant déprimé, et surtout, elle était devenue si gentille, que Claire, inquiète, avait pris la décision d'appliquer le Protocole Kadiatou.

Kadiatou lavait les sols au CHU, c'était une Africaine dotée d'un minimum de dents, de rares cheveux, analphabète, un peu bancale, mais elle avait reçu de Dieu un don inestimable : celui de la gaieté.

Les plus moroses, les plus mal lunés, les plus revêches des malades ne pouvaient résister à son rire. Le bruit s'en répandit au CHU et arriva jusqu'à Claire. Elle la convoqua dans son bureau et, cinq minutes après, Claire se mettait à rire encore plus fort que Kadiatou.

Depuis, dans les cas désespérés, et surtout à l'approche du Jour Inévitable, on faisait appel à Kadiatou et, si elle ne guérissait personne, l'Africaine aidait les malades à passer de vie à trépas dans la joie et l'allégresse.

— Un jour je vais me faire virer de l'Ordre des médecins, avec mon Protocole Kadiatou, dit Claire à son mari en voyant s'éloigner les autocars. Mais c'est vrai qu'elle leur fait du bien !

Une fois de plus, elle en eut la preuve éclatante à son retour à l'hôpital.

Kadiatou, assise au chevet de Ghislaine, lui racontait son histoire préférée : quand sa grand-mère s'était battue avec la voisine qui lui avait volé une poule !

— Si tu avais vu la mémé lui taper sur les fesses ! Le cul de la voisine ! Si tu avais entendu la voisine crier au secours ! Alors, la grand-mère, elle a pris la poêle à frire et...

Ghislaine n'avait pas ri d'aussi bon cœur depuis bien longtemps. On l'entendait jusqu'au bout du couloir. Les plus valides des malades sortaient de leur chambre et commençaient à rire avant même de savoir pourquoi, en se hâtant selon leurs forces vers la source joyeuse.

Mais le plus beau c'était, assis au pied du lit de Ghislaine, Ange Laffenage qui s'étouffait de rire, ouvrait sa chemise d'hôpital, découvrant sa poitrine tatouée où l'on pouvait lire :

CRÈVE !

au milieu des fleurs, et criait :

— Arrête, Kadiatou ! Encore, Kadiatou ! Je sais plus ! J'en peux plus ! Qu'est-ce que tu nous fais rire ! Merci !

Étiennette était montée dans l'estafette qui suivait les cars. Estafette chargée des containers destinés à Monsieur Charles. Étiennette était heureuse. Elle n'aurait même pas à payer son voyage en train ; un serveur ayant fait faux bond à Monsieur Charles, elle venait d'être engagée pour le remplacer.

Elle allait enfin retrouver William Jefferson Byrd et être récompensée de ses peines.

Elle les vit, les écrivains, massés sur le talus, attendant l'arrivée du train. Et le train arriva. Et le train s'arrêta. Et les écrivains disparurent à l'intérieur, suivis des containers et enfin de la petite agrégative folle de littérature américaine.

Ouf !

Ils avaient presque retrouvé les places du voyage d'aller. Mais cette fois on n'avait pas perdu le président et on n'attendait plus Aoriste.

Le train démarra.

Sur le ballast, César, élève de seconde, savourait son premier chagrin d'amour.

241

Par la portière, Velléda envoyait des baisers à Josian qui l'avait accompagnée jusqu'au train. Il passerait quelques jours à consulter des archives chez les Mercoiret avant de la rejoindre pour un pèlerinage en Suède sur les traces de son Farfar.

Fernand, du fond de son cabas, se réjouissait de rentrer à la maison.

Tout le monde était remonté à bord avec plus ou moins de souplesse. Ce n'était plus l'excitation du départ mais la fatigue du retour.

À peine assis, les quatre Évangélistes avaient déjà commencé une partie de cartes. En latin évidemment !

Le train retrouvait sa vitesse.

Bijou avait pris Paul auprès d'elle. Elle lui tenait la main.

Marie avait pris Rodolphe auprès d'elle. Elle lui tenait la main.

La princesse avait pris Le Pouilleux auprès d'elle. Elle lui tenait la main.

Anne-Charlotte les regardait avec curiosité. Connaîtrait-elle un jour ce bonheur d'être deux ? En avait-elle vraiment envie ? Était-elle faite pour ça ? Elle soupira, haussa les épaules, ouvrit le dossier du prochain Salon qui aurait lieu en pleine mer sur un bateau de croisière, et, oubliant tout le reste, elle se mit à travailler.

Les couples s'endormaient doucement, cœur contre cœur.

William les regardait avec envie.

Seul.

Monsieur Charles avait félicité Paul avec chaleur. Il se sentait impliqué dans son succès et il trouvait charmante la jeune femme qui venait de passer le fameux spencer rouge à boutons dorés afin de remplacer le lauréat.

— Vous servez d'abord les Gais-Lurons et les mini-gros-gojas, dit-il comme le train redémarrait en douceur.

— Oui, Monsieur, dit-elle poliment, et il la regarda s'en aller dans le couloir.

Vraiment charmante ! Classe !

William était triste.

— Quel succès vous avez eu ! lui dit l'abbé Dupuy-trein qui passait dans le couloir.

William acquiesça. Au bord des larmes.

— C'est vrai, ajouta Turcla de Monclair, assise de l'autre côté du couloir. Un vrai triomphe !

William sentit que les sanglots n'étaient pas loin. Et, tout d'un coup, la tristesse s'envola, son cœur fut léger, le bonheur lui tomba dessus tandis que le joli visage dont il rêvait lui faisait un grand sourire et qu'en lui tendant un Gai-Luron, une fille en spencer rouge à boutons dorés lui disait :

— Je m'appelle Étiennette !

Et il sut qui il allait aimer.

Cela s'appelle l'aurore...

J'ai voulu voir le jour se lever depuis les hauteurs...
il allait faire beau, les coqs ne tarderaient pas à saluer
le retour du soleil...

J'étais heureuse. Comblée !

Jamais je ne m'étais sentie aussi jeune, moi qui
avais traversé le Temps, vu passer les barbaries et
les civilisations, comme l'avait dit Mistral. Et même
les religions...

Mais Dieu était toujours là !

— Encore heureux ! bourdonna une petite voix à
mon oreille. Parce que aujourd'hui on a vachement
besoin de Lui !

C'était la première abeille qui quittait sa ruche pour
aller au travail.

Jolie.

Petite abeille, j'aurais voulu être piquée par toi.
Connaître dans ma chair la douleur d'une piqûre,
enfin... Mais je ne suis pas de chair ! Corps glorieux,
ombre légère, fille de l'éther et de l'azur, je ne saurai
jamais ce qu'éprouvent les hommes dans leur corps. Je

ne perdrai jamais la moindre goutte de sang. Je n'ai pas de sang...

Je ne puis que les aimer, souffrir avec eux de leurs souffrances et verser des larmes invisibles...

— Pas si invisibles que ça, bourdonnèrent les abeilles qui sortaient maintenant de la ruche en escadrilles. Tu es la Mémoire de la Création, le Sens de la Vie, tu es l'Âme du Genre Humain...

Puis elles se turent en entendant un bruit de voiture qui se rapprochait... et s'arrêtait, tout près de nous.

Saladin et Claire en descendirent et vinrent s'asseoir, avec Brave, là où je me trouvais... bientôt suivis par Ahenobarbus.

— Regarde ! s'écria Claire, le chat chéri s'était caché dans la voiture pour venir avec nous !

« Plus souvent que j'aurais manqué le débriefing ! », ronronna le minou en sautant sur les genoux de Claire.

Brave nous fit un clin d'œil et se coucha aux pieds de Saladin.

Qu'est-ce qu'on était bien !

— Tu te souviens, demanda Saladin à Claire, tu te souviens de ce que tu m'as dit le jour où je suis remonté des entrailles de la terre ? Quand j'ai dit ce que j'avais VU ?

— « Moi je te crois, et je te croirai toujours, Saladin. »

Il lui prit la main, la regarda au fond des yeux, ses yeux d'un bleu théologique, et la serra contre lui.

— Et apparemment j'avais raison ! dit-elle en riant. Quelle aventure !

— On a bien travaillé ! On a rendu vie à DIVINA, on a ressuscité les Thermes, on a retrouvé toutes les pièces manquantes du Passé, on a eu un Salon du Livre magique, on a réuni les cœurs, on a aidé l'amour, la tendresse... on a même fait lire Jojo !... Un vrai conte de fées !

— Oui, dit Claire, mais ce n'est pas fini... Maintenant il va falloir s'occuper des abeilles !

Afin que vous sachiez ce qu'Abd Ar-Rahman Kader a dit à Marie et ce qu'elle lui a répondu :

Abd Ar-Rahman Kader :

Oh ! Marie ! Toi à qui la grâce a été faite et qu'Allah a choisie entre toutes les femmes, je te salue avec allégresse !

Marie :

Oh ! Abd Ar-Rahman ! Toi qui parles aux femmes comme Djabril, l'envoyé de Dieu, parlait à la mère de Jésus, je te salue moi aussi !

Le séducteur s'est à la fois inspiré de la Bible (saint Matthieu) et du Coran (la famille de l'Imran) ainsi que des paroles de Gabriel et de Djabril à Marie.
Gabriel ? Djabril ?
Le même archange.

Comme le dit LEPTIS MAGNA à DIVINA, Mistral avait tout compris :

Amo de longo renadivo,
Amo jouiouso e fièro e vivo,
Qu'endihes dins lou brut dóu Rose e dóu Rousau !
Amo di séuvo armouniouso
E di calanco souleiouso,
De la patrio amo piouso,
T'appelle ! encarno-te dins mi vers prouvençau !

Frédéric Mistral, *Calendal.*

Environa de l'amplitudo
E dóu silènci di gara,
Tout en fasènt vostro batudo,
Au terradou sèmpre amarra,
Vesès, alin, coume un tempèri,
Passa lou trounfle dis empèri,
E l'uiau di revoulucioun :
Atetouni sus la patrio,
Veirés passa li barbario
Emai li civilisacioun

2 de nouvèmbre 1888
Frédéric Mistral, *Iles d'or II.*

Remerciements

À tous ceux qui ont le courage d'organiser un Salon du Livre !
Puis :

À Maria et Antonio Rodrigues
pour le portugais

À Heïki Arekallio
pour le suédois

À Aïcha Assahty
pour l'arabe

À Catherine Lopoukhine
pour le russe

À Wilfried Heins
pour l'allemand

À ma famille américaine
pour l'anglais et le « Shakespeare commercial »

À NEMAUSA Colonia Augusta Nemauseusium qui m'a vue
naître, *maximam graciam tibi habeo !* pour le latin

Et à Alexandre pour le rap !

Du même auteur

FLAMMARION

Un mari c'est un mari, roman
La vie reprendra au printemps, roman
La Chambre de Goethe (prix Roland Dorgelès, 1981)
Un visage, roman
Le Mois de septembre, roman
La Citoyenne
Le Harem, roman (grand prix du roman de l'Académie française, 1987)
Le Mari de l'ambassadeur, roman
Félix, fils de Pauline, roman
Le Château des Oliviers, roman

JULLIARD

L'Île sans serpent, récit
Je vous aime (Coll. « Idée Fixe », dir. Jacques Chancel)
Babouillet ou la Terre promise

J'AI LU

La Petite Fille modèle, récit
La Demoiselle d'Avignon, roman (en collaboration avec Louis Velle)

ALBIN MICHEL

Célébration de la Rencontre

OMNIBUS

Sagas (en collaboration avec Louis Velle)

PLON

Le Grand Batre, roman
La Protestante et le Catholique (en collaboration avec Louis Velle)
Esther Mazel, roman
Je vous aime... toujours
Le Goûter chez Dieu
Les Châtaigniers du Désert
Tant qu'il y aura des chats... dans une famille (en collaboration avec Louis Velle)

ALCIDE

Cévennes de la Mer à la Lune (photos Jean-Louis Aubert)

Cet ouvrage a été imprimé par
CPI Firmin Didot à Mesnil-sur-l'Estrée
pour le compte des Éditions Plon
76, rue Bonaparte
Paris 6ᵉ
en mars 2012

Composition et mise en page

NORD COMPO
m u l t i m é d i a

Dépôt légal : avril 2012
N° d'édition : 14832 – N° d'impression : 110558
Imprimé en France